君のすべては僕のもの

『お姫様になりたい。そしていつか王子様に迎えにきてほしい』

それは、女の子なら誰もが一度は夢見ること。

私、矢内結愛にとっても「お姫様」は憧れで。

私にとっての「王子様」は駿くんで。

「いつか」は二十歳。

『二十歳だ。二十歳になっても結愛の気持ちが変わらなかったら結婚しよう』

十六歳の時、駿くんに言われた言葉。

それを宝物のようにずっと抱えてきた。

私はあと一か月半で二十歳になる。

私が五歳、駿くんが十五歳で婚約してから十五年――

中学卒業と同時に留学し、ずっと海外で生活していた駿くんが、ようやく日本に帰ってくる。

プロローグ

私は幼い頃、幼稚園が終わると母の親友の家である「高遠家（たかとうけ）」のお屋敷に預けられていた。

専業主婦だった母が義理の祖母の介護に携（たずさ）わることになったせいだ。

それでも私は寂しくなんかなかった。

広い敷地に建つ大きな洋風のお屋敷は、お城みたいで素敵だったし、大奥様をはじめ、高遠家に関わるみんなが私をかわいがってくれたから。

なにより、ここにいれば王子様に会える。

高遠家の一人息子である高遠駿くん。彼は私の上の兄である颯真（そうま）くんと同じ年で、私より十歳年上だ。

さらさらの黒い髪、いつも優しく見守ってくれる眼差（まなざ）し、そして私の名前を呼んでくれる穏やかで甘い声。

テレビに出てくる芸能人に負けないくらいかっこよくて、絵本の中の王子様のような存在だった。

その日、私はお手伝いの清（きよ）さんに見守られながら、高遠家のお屋敷で遊んでいた。

五歳の誕生日プレゼントにもらった、綺麗（きれい）なドレスを着たお姫様のお人形。その髪をブラシで梳（す）いていると、颯真くんがやってきた。

「結愛……結愛の夢はお姫様になることだよな？」

「うん！　お姫様になりたい！」

私は、綺麗なドレスを着たお人形を颯真くんに見せた。

「お姫様には王子様が必要だろう？」

「王子様……」

母が寝る前に読んでくれるお姫様の絵本には、王子様が必ず出てくる。

お姫様の隣には王子様がいるものだ。

「じゃあ、颯真くんが王子様になってくれる？」

王子様がいれば、私もお姫様になれる。だったら颯真くんが王子様になってくれればいい。私をかわいがって、遊んでくれるお兄ちゃんだもの。

期待を込めてお願いしたのに「俺と和真は結愛のお兄ちゃんだから王子様にはなれないんだ」と颯真くんは言う。そして少し寂しそうに笑い、私の頭に手を伸ばした。和真くんというのは、下のお兄ちゃんだ。

「でも駿なら結愛の王子様になれる」

私は颯真くんのうしろに立つ駿くんを見上げた。

「駿くん！　駿くんが結愛の王子様になってくれるの？」

大好きな駿くんが私の王子様になってくれれば、私はお姫様になれる。

問いかけに対して、駿くんが私の目の前で膝をついて、いつものように腕を広げてくれた。私はすかさず飛び込んでいく。お日様みたいな暖かな匂いがして、ほっと安心できる腕。

駿くんは、私をふんわりとお姫様抱っこして、優しくほほ笑んでくれた。

「結愛ちゃん、僕が王子様になってもいい？」

「私は駿くんのお姫様になれる？　駿くんは本当に私の王子様になってくれるの？」

「結愛ちゃんがよければ、喜んで」

私は駿くんの首のうしろに手をまわして「王子様になって、駿くん！」と言った。

この時、いつも優しい両親と高遠のおじさまたちが、複雑な表情で私たちを見守っていたことなど気付かずに。

これにより、駿くんがなにを犠牲にしたのかも気付かずに。

矢内結愛、五歳。

高遠駿、十五歳。

両家の間で、ひっそりと約束が交わされ、私は駿くんの婚約者になった。


婚約を交わしたものの駿くんは、中学卒業と同時に留学し、高校、大学、大学院と海外にいた。

私は小学校に入学すると、長期休みのたびに駿くんの留学先を訪れては、サマースクールに参加したり短期留学をしたりして、駿くんと過ごした。

英語を頑張って覚えて、慣れない海外生活に挑戦できたのも、駿くんに会いたい一心から。

けれど、成長するにつれてわかった気になっていた。

駿くんが海外留学したのは、高遠グループの御曹司としての勉強のためだということ。

私たちの婚約は、親友同士である母たちの「お互い子どもが生まれて異性だったら結婚させたいね」という夢見がちな願いからだったということが。

駿くんが私と婚約した意味と、婚約が母たちの身勝手な夢だけではなかったと知ったのは十六歳の時。

私が矢内家の養女で……私の立場を守るために、駿くんは婚約してくれたのだ。

皮肉にも自分がお姫様になれる立場ではないと知ると同時に、私は駿くんに恋をした。

第一章　二十歳の約束

「大丈夫、だよね？」

私は姿見に、全身を映してくるりとまわった。

オフホワイトの七分袖のワンピースは、襟元と裾に紺色のラインが入って甘さを抑えている。染めたこともなければ、パーマをかけたこともないまっすぐな髪は、脇の下のラインをキープ中。

高校を卒業してから覚えたメークはナチュラルに、唇にだけ薄桃色のグロスをのせた。

三月に竣工したばかりの新居は、独特の匂いがする。

無垢の木の床に漆喰の白い壁。吹き抜けの天窓から降り注ぐのは、春らしい柔らかな光。

リビングダイニングの家具は、まだ少し余所者の表情をしている。

冷蔵庫の中には、温めればすぐに食べられる和食のおかずを準備した。

駿くんの書斎となる部屋は、残念ながらまだ段ボールで埋め尽くされているけれど、寝室だけは綺麗に整えた。これで、時差ボケで疲れていても体を休められるはず。

ようやく日本に帰ってくる主を、この新居も私もずっと待っていた。

五歳と十五歳で交わした婚約が、私にとって大切な約束に変わったのは十六歳の時。

『二十歳だ。二十歳になっても結愛の気持ちが変わらなかったら結婚しよう』

矢内家の養女だと知って、動揺して泣きじゃくっていた私に、駿くんはそう言った。

駿くんはずっと私の王子様で、憧れで、大好きで。

けれど、幼い頃の私にはまだその感情が恋かどうかなんてわからなかった。

十六歳のあの日から、私は駿くんを一人の男の人として意識して、もくもく広がる雲みたいに恋心をふくらませていった。

でも、ふくらんでいく私の恋心とは裏腹に、駿くんはなかなか日本に帰ってこなくて、私も高校生になると忙しくて、彼のところに遊びにいくことができなくなった。

インターネット電話やＳＮＳで頻繁にやり取りはしていても、会えない日々は寂しい。

駿くんは本当なら、私の高校卒業と同時に帰国する予定だった。けれど、仕事の関係でどうしても一年延期せざるを得なくなったのだ。

それを知った時、私は不安に襲われた。私が二十歳になるまで待つって言いながら、本当は私から婚約解消を言い出すのを待っているんじゃないか、と思って。

帰国延期が決まった時、私は「本当は日本に帰ってくるつもりなんてないんでしょう！」と駿くんに怒鳴った。

それから「駿くんが帰ってこないなら、私が駿くんのところへ行く！」とぐずぐず泣いた。すると駿くんは「必ず帰ってくるから、結愛に新居を任せるよ」と言ってくれた。そうして建てたのがこの家だ。

高遠家のお屋敷の敷地内に建てた新居には、駿くんの意見を聞きながらも、私の夢を盛大に詰め込んだ。

駿くんが帰ってくるのを信じて、二人で一緒に暮らせる日を夢見て。

中高一貫のお嬢さま学校を卒業した後、私は高遠家のお屋敷で働きながら、新居の出来を見守り、彼の帰国を待っていた。


もうすぐ、駿くんが帰ってくる。

◆　◆　◆

矢内家の養女だと、私が知ったのは十六歳の夏。

私はその年の夏休みに、父方の祖母の七回忌（ななかいき）に出席していた。

「高遠との婚約なんて、口先だけなんじゃないの？」

法事と会食を終えた雑然とした雰囲気の中、親族がそこかしこで会話している。私はお手洗いにいく途中で聞こえてきた「高遠」という言葉に思わず立ち止まり、耳を澄ました。

「あの子も十六歳になったんでしょう？　結婚できる年齢になったのに具体的な話が出ないのは、やっぱり口約束だけで、なんの確約もとれていないからじゃないの？」

「高遠と繋がりがもてるなら、ってことで正式に引き取って今後も育てることを認めたのに……どこまでも役に立たないわね」

「あんな子引き取らなきゃよかったのよ。あの女の弟と、どこの馬の骨ともわからない女との間にできた子どもなんか！」

高遠、婚約、十六歳、どの言葉も私にあてはまるものだった。

『結愛ちゃんって、お兄さんたちと年が離れているのね』

兄がいると言うと同級生たちは驚いていた。

『似ていないね』

そう言われることも多かった。

私はその場から抜け出して、タクシーで高遠家に乗り付け、その時たまたま帰国していた駿くんに会いに行った。

両親にも兄たちにも真実を問いただすことはできない。

駿くんが日本にいてよかった。

でなければきっと私は夏休みをいいことに、駿くんのいる外国まで向かったに違いない。

日曜日でお屋敷にいた駿くんは、仕事の時とは違う普段着姿だった。

ジーンズに貝ボタンの並んだ明るいグレーのポロシャツ。

制服姿だった私の突然の訪問に驚きながら、駿くんはいつもと同じ優しい笑みを浮かべる。

そんな彼に向かって、私は言った。

「十六歳になったよ。もう結婚できる年だよ。なのにどうして駿くんは結婚の話を進めないの？　私がお父さんとお母さんの実の娘じゃないから？」

言葉にして初めて、涙がぽろぽろこぼれた。

「なんで？　どうして？」、そんな言葉ばかりを口走った。

三歳の七五三から始まった家族写真。

幼稚園の入園式、小学校の入学式、颯真くんや和真くんの成人式でも節目ごとに家族みんなで写真を撮ってきた。家族の証（あかし）のようなそれらがガラスが割れてバラバラになるように飛び散っていく。

「結愛……落ち着いて。矢内のおじさんたちに確認する。結愛には今、おいしいケーキと紅茶を準備させるから。ここで待っていて」

駿くんの部屋の応接スペースで私はソファにもたれかかって泣いていた。

両親の子どもではなかった、兄たちの妹ではなかった。

一瞬で自分が軽い存在になって、紐（ひも）の切れた風船のような頼りない存在になった気がする。

駿くんは部屋に戻ってきて、まずあたためたタオルを渡してくれた。

涙と鼻水でぐちゃぐちゃの顔をふいても、また出てきてしまうから顔を押さえた。

テーブルのほうからかちゃかちゃとケーキと紅茶が準備される音がする。

駿くんは私の隣に座ると、そっと肩を抱き寄せてくれた。いつも安心できるその腕に私は甘える。

「矢内では一切話題にしないように厳命されていたはずだけど、今のご当主に代わってから拘束力（こうそくりょく）が薄れたみたいだね。おじさんたちには一応許可を得たから、僕から説明する。なにが聞きたい？」

「私のお父さんとお母さんって誰？」

「結愛のお父さんは……矢内のおばさんの弟だ。結愛は姪で、颯真たちとは従兄弟になる。結愛が二歳の時、家族の乗った車が事故にあった。結愛だけが助かったけど、君はその時の事故のショックで記憶を失ったらしい。他に身寄りがなかったから、姉であるおばさんが結愛を引き取った。君が二十歳になったら、君のご両親が真実を知らせるつもりだったんだ」

「お母さんは？」

「それは、ごめん。結愛のお父さんが愛した女性としかわからない。その女性も身寄りがなくて、事情があって素性を隠していたようだ。だから結愛のお父さんも結婚してからは居場所を一切知らせてこなかった。毎回、消印は違うけれど、季節ごとに写真が送られてきていたらしいよ。結愛の小さな頃の写真があるのはそのおかげだった。事故が起きた時おばさんのところに電話が来たのは、お父さんがもしもの時に備えておばさんの連絡先を書き残していたからだ」

実の父は母の弟だった人。実の母は事情を抱えた謎多き女性。

親戚たちのどこの馬の骨ともわからない女という発言は、そこからきていたのだ。

けれど、ささやかでも矢内家と血の繋がりがあって私はほっとしていた。

母は伯母で、兄たちは従兄弟になるけれど、それでも誰の子かわからない他人であるよりずっとマシに思えた。

駿くんの手が私の肩を優しくなでる。

実の娘でなかったショックは大きくて、それでも姪である事実に救われて、そして家族は確かに私を大事に育ててくれたことを思い出す。

私は体を起こして駿くんのポロシャツを掴む。

「駿くんは……知っていたんだよね？」

「知っていた。事故の連絡がきておじさんたちは病院にかけつけた。その間、颯真たちはうちに預けられていたし、それは結愛が退院するまで続いたから。退院してからも、しばらくの間みんなうちで生活していたんだ」

昔からなにかあれば、矢内の親族ではなく高遠の家を頼りにしていた。

母方の実家だと思って過ごせばいいと、清さんたちには言われていて、私は孫のようにかわいがられた。

そんな幼稚園の頃の記憶が、ぼんやりとある。

だから私は駿くんもお兄ちゃんだと思っていた頃があったし、高遠のおじさんとおばさんのことも父と母のように慕っていた。

「私を……引き取るのは反対だったって……聞いた」

「そんなことまで話していたのか」

駿くんはあきれたように言って「再度厳命したほうがいいな」と呟く。

『高遠と繋がりがもてるなら、ってことで正式に引き取って今後も育てることを決めたのに……』

親戚たちは、そうも言っていた。

「私に事情があったから……駿くんは私と婚約したの？」

母親たちの身勝手な願望じゃなかった。私たちの婚約には、もっと切実な事情が隠されていた。

五歳と十五歳で婚約を交わすという不自然さに、私はいつからか目を背けていたのかもしれない。

「結愛」

「そのためだけの婚約で……本当は結婚する気なんかない？　私は十六歳になって、もう結婚できる年になったのに、なんにも決まっていないのは口先だけの約束だったから？」

「結愛、落ち着いて……」

「そう、だよね、私たち十歳も違うんだもの。駿くんからいつ婚約解消されるかってずっと不安だった。でも駿くんは言わないから……大人になれば、このまま結婚できるんじゃないかって。駿くんは待ってくれているんじゃないかって」

「そうだよ、結愛。僕は待っている。君が大人になるまで僕は待つ」

「私、もう大人だよ。十六歳になったんだもの、結婚だってできる！」

自分がなにを言っているのか、もうわからなかった。

実の娘でなかったことのショックと、駿くんとの婚約の本当の理由に気付いて混乱していた。

私たちの関係は、仲のいい兄妹のような距離から変化していない。

本当は駿くんにとって最初から、私は婚約対象になるはずのない存在だった？

駿くんは私のために犠牲になったの？

婚約を解消しなかったのは私の立場を守るためだけで、そこに彼の意思はまったくなかった？

「結婚……する気なんてなくて。私のために駿くんは、犠牲になっただけ？」

ぽろぽろ、ぽろぽろと見開いた目から涙がこぼれ落ちていく。

私は家族の一員ではなくて、婚約は立場を守るためだけのもの？

「結愛！　僕は犠牲（ぎせい）になったわけじゃない！」

「嘘っ!!　結婚する気があるなら、どうして私を恋人にしてくれないの！　私がまだ子どもだから？　高校生だから？」

私の肩を抱き寄せようとする駿くんの手を振り払う。

「それとも、矢内の実の娘じゃないから？」

私の言葉はそこで途切れた。

駿くんの唇が私の唇に触れて、それ以上なにか言うのを阻（はば）んだから。

初めて触れる他者の唇に頭が真っ白になって、目の前の駿くんが一瞬、誰だかわからなくなる。

「結愛……君はまだ結婚の意味をわかっていない。僕と結婚するってことは僕とキスをするってことだ、その先にも進むってことだ。それがどういうことかわかるか？」

怒りといら立ちが混じったような静かな口調のあと、ふたたび私の口は塞（ふさ）がれた。

強く押し付けられた唇はやわらかい。そんなことを考えていた直後、するりと入り込んできた舌に私は驚く。

そんなキスがあることを知識としては知っていた。でも、現実に自分の口内に他人の舌が入り込む感触は想像したこともなかった。

私を抱きしめているのは、いつもは安心できるはずの腕。

けれど、今はその大きさも強さも私を混乱させ、わずかな恐怖を生み出した。

どうやって息をすればいいのかわからなくて、ただ駿くんの舌に翻弄される。なにが自分の身に起こっているのか把握できない。

家族のようで兄のようで一番信頼していた彼が、男の人だと意識した瞬間。

「やっ！　やだっ、駿くん、嫌っ！」

私が駿くんを怖いと感じるなんて、初めてのことだった。

「怖がらせてごめん。でもわかっただろう？　結愛が今、僕に抱いている気持ちは思慕や憧れでしかない。結愛の気持ちがそうである限り、僕も君をそういう対象として見るわけにはいかない。結愛が僕を一人の男として見てくれるようになったら……僕もきちんと向き合う。結愛はまだこれからたくさんの人と出会う。世界が広がっていく。今は恋がわからなくても、僕以外の男に恋する可能性だってある。僕はそういう君の可能性をつぶしたくはない」

涙でぼやけている視界の中に、駿くんの真摯な眼差しがあった。それは、今までと同じ私の知っている駿くんの姿。

でも唇には、激しい熱の余韻が残っている。

「二十歳だ、結愛。二十歳になるまでに他に好きな男ができたら、僕たちの婚約は解消しよう。僕を恋愛対象として見られない時も同じだ。結愛の僕への気持ちが憧れから恋心になり、それが二十歳になっても変わらなかったら、その時は結婚しよう」

「その間に駿くんに好きな人ができたら？　それでも解消するの？」

「僕から解消することはない。だから結愛は……あと四年、自由にしていいんだ。僕じゃない男を好きになってもいい」

「私は駿くんが好き」

そう、私は駿くんが好きだ。それは幼い頃から変わらない。

でも駿くんは、寂しそうに私を見て言った。

「うん、知っている」

「こういう好きじゃ、だめなの？」

「……二十歳になっても変わらなかったら、その時はね」

だめとも、いいとも言わずに、駿くんは「二十歳」と期限を区切る。

「婚約者」とは名ばかりで、昔からよく知っていて、ずっと仲良くしてくれる憧れの兄のような存在でしかなかった駿くん。私は彼を、この時初めて一人の男性として意識した。

憧れと恋の違いもわからずにいた私が、恋に囚われ始めた日。

そして「二十歳」という約束に縋りつき始めた日。

◆　◆　◆

お屋敷の裏口から続く小道を抜けると、駿くんは立ち止まって新居を見上げた。

「図面や画像では見ていたけど……実物はやっぱり違うな」

駿くんが感嘆の言葉をもらす。

本当は空港まで迎えに行きたかったのに、そのまま一度会社に挨拶に向かうと言われてしまったので、お屋敷に戻ってくるのを待っていた。

駿くんの帰りを待っていたのは私だけじゃない。

お屋敷で働く人たちも、心待ちにしていたのだ。みんなで並んで出迎える。

そうしてひとしきり話したあと、やっと私は新居を案内することができた。

設計士さんにお願いして建てた家は、伝統的な洋風建築のお屋敷とは違う、モダンな佇まいだ。

表から見える場所には細長い窓しかなく、シャープな外観をしている。直線的なデザインをやわらげるために、白い壁に、一部こげ茶の板や石のタイルを張ってぬくもりを出した。

駿くんは家を建てると決めた時、ほとんどのことを私に任せてくれた。

最初は私が考えていいのかと躊躇ったけれど、駿くんは「結愛も一緒に住む予定の家だろう？」と私に未来を示唆してくれた。

帰国が延期になって、「日本に帰る気がないんだ！」って泣いた私を宥める意味もあったのかもしれない。

家づくりはいろんなことを決めていかなければならない。

その都度駿くんに相談して、密に話して、離れている寂しさを埋めていった。

私は駿くんに家づくりを任されて、その使命のおかげで帰国が延期になった一年を乗り越えられたところがある。

「駿くん、入って」

私はドキドキしながら、木目調のドアを開けた。

家に入る駿くんの背中を見て、なんだか泣きたくなる。

やっと、やっと駿くんが日本に帰ってきた。

今までは帰国しても、一週間も経たないうちに、すぐに海外へ戻っていった。もうそんな彼を見送る必要もない。

この空間に駿くんがいて、そしてこれからはずっとこの家で過ごしていくのだと思うと、胸がいっぱいになってくる。

玄関の高い天井を見上げる駿くんの横顔に、帰国したばかりの疲れは見えない。

お正月に会った時より髪が少し伸びただろうか。年を重ねても駿くんはあまり変わらないように思える。

いつまでも、私にとっては憧れの王子様のまま。

駿くんは一通り玄関を見回したあと、私に視線を向けた。

「結愛、ただいま」

「うん、おかえりなさい」

日本に帰ってくるたびに繰り返した言葉。

同じ言葉のはずなのに、違う気がするのはなんでだろう。

物心ついた頃から、海外留学していた駿くんとは、離れていることのほうが多かった。それなのに、駿くんに恋をして、私の中で婚約の意味合いが変わって、離れていることがだんだんつらくなったのだ。

でも、もう離れなくてすむ。

「やっと帰ってこられた」

ほっと安堵したような駿くんの声は、その言葉を深く実感しているように聞こえた。

「うん、やっと帰ってきてくれた」

「結愛、おいで」

「…………」

駿くんは変わらない。

私にとって、駿くんは十歳も年上で、気付いた時にはもう大人の男の人だった。

無邪気な子どもだった頃は、私は広げられたその腕に素直に身を委ねられたのに。

お姫様抱っこされるのが嬉しかったのに。

私はもう素直に腕に飛び込める、小さな女の子じゃない。

たとえ駿くんに……いまだに子どもだと思われているとしても。

「駿くん……私もう子どもじゃない」

もうすぐ二十歳になるよ。

気楽に腕を広げた駿くんへ抗議の意味も込めて、拗ねてみせる。

「子どもだなんて思ってないよ」

それでも、昔のように無邪気(むじゃき)に抱き付くことはできない。

だって触れれば、私だけがドキドキしているのを見抜かれてしまう。

私だけが意識しているんだって思い知らされる。

「結愛、僕は日本に戻ってきた。こうして一緒に住むための家もできた。僕がいない間に……二十歳になるまでに、結愛はいつでも自由になれた。猶予(ゆうよ)はあと少しだ、結愛」

「なんで、そんなこと言うの？」

駿くんが「結愛は自由だ」と言うたびに不安だった。

突き放されている気がしてしまうから。

「猶予(ゆうよ)なんていらない。私は早く駿くんと結婚したいのに……」

このまま帰国しなかったらどうしようって、心配だった。それに、二十歳を過ぎたら過ぎたで、また別の言い訳をされて結婚を先延ばしにされたらどうしようって不安だったのに。

今帰ってきたばかりの駿くんが、またどこか遠くへ行きそうに思えて、帰ってきた実感がなくて縋(すが)りつきたくなる。

「猶予(ゆうよ)はいらない？」

駿くんがわずかに目を細めて、低くかすれた声を吐き出した。

いつも優しく私を見つめてくれていた眼差(まなざ)しが、射(い)るように貫(つらぬ)く。

私にとって駿くんは小さな頃から誰よりもよく知っている人。

スーツ姿も、緩みなどひとつもないネクタイの結び目も、額にかかるまっすぐな髪も、穏やかな笑みを浮かべる口元も。

けれど、この瞬間、初めて私は駿くんが知らない男の人に見えた。

駿くんが私の腕を掴んで引き寄せた。いつもなら、ふわりとやわらかく背中にまわされる腕が、今はきつく激しく私を抱きしめる。

それは家族のような、兄のような親しみのある抱擁とは違っていて、力強さとか、男っぽい香りとかを感じさせるものだった。

「しゅ、駿くん？」

「猶予はいらないんだろう？　結愛、ここでは僕たちは二人きりだ」

耳元に吹き込まれた声音は、聞いたこともない熱を孕んでいた。私の心臓は急激に音をたてて存在を主張する。

二人きりになることなんて、これまでだって何度となくあった。

腕を広げられれば、私は無邪気に飛びついていたけれど、思えば駿くんからこうして手を伸ばされたことはあまりない。

ましてや、私の髪に指を絡めたり、首筋に鼻を押し付けたりするなんて。

混乱と緊張と羞恥で、私の心臓は口から飛び出そうなほどドキドキしている。キスで塞がれているわけでもないのに、息の仕方さえ忘れそうだ。

咄嗟に逃げ出そうと腕を動かすと、不意にこめかみに唇が押し当てられた。かするような軽いものではなく、強く長く感触を覚えさせるように。

「結愛、家の中を案内して」

やがて駿くんはするりと私から離れた。

私の混乱など放置して玄関を上がっていく。

「結愛」

名前を呼ばれて差し出された手に、反射的に指を伸ばした。


部屋の中なのに、なんで手を繋いでいるんだろう。

疑問を抱いても口にはできない。

駿くんとこうして手を繋いだのは小学生以来だ。それに、こんなふうに指と指を絡めるような繋ぎ方はしたことがなかった。

「こっちがリビング、こっちがダイニングとキッチン」などとモデルルームの案内人のごとく説明しながらも、私は動揺しっぱなしだった。

この家に入ってから、駿くんの雰囲気が違う。

絡んだ指先でいたずらをするみたいに私の手の甲をなぞったり、振り返って抱き寄せるみたいに腕を伸ばしては「結愛、こっちはなに？」と収納の扉を指したりする。

距離が近付くたびに、駿くんの体温とか匂いとかを感じて、私はただただ混乱していた。

「結愛の部屋はここ？」

「うん」

二階に上がって、ファミリースペースの向かいにある扉を開く。

壁の一面だけ淡い紫色の小花模様の入った壁紙を貼った部屋は、カーテンとベッドカバーも似た色合いとデザインにして、ヨーロピアンと北欧風が混じり合ったような雰囲気だ。

窓辺にカウンターデスクと収納棚を備え付けたので、部屋にある家具はベッドだけ。

高校を卒業してから、私はお屋敷に住み込みで働いている。私の荷物はまだそこに置いたままだ。

この家に私の部屋も準備するように言われたけれど、一緒に暮らしていいのか自信がなかったから。

「荷物はまだ入れてない？」

「うん。駿くんに聞いてからにしようと思って。あ、ここが駿くんの寝室」

駿くんの寝室の壁紙は一部が暗いグレー。ここにも大きなベッドが入っているだけだ。

駿くんは部屋に入ると、ベッドのスプリングの具合でも確かめるかのように、そこに腰をおろす。

手を繋いだままの私は自然にその隣に座る形になった。

不意に「ここでは僕たちは二人きりだ」という駿くんの言葉が蘇る。

今までは帰国すると駿くんはお屋敷で過ごしていた。当然そこには、お屋敷の使用人たちがいて、二人きりになることはない。

思えば駿くんは、私が成長するにつれて二人きりになることを避けていた気もする。

ここは駿くんの寝室で、私たちは彼のベッドに並んで座っていて、この家には完全に私たち二人だけだ。

そう意識した途端、繋いでいた駿くんの手に力が加わった。

まるで私が逃げ出そうとしたことに気付いたみたいに。

「結愛はどうしたい？」

「え？」

「二十歳になるまでは、けじめをつけてお屋敷にいる？　それとも今夜からここで暮らす？」

私は、駿くんがやっと日本に帰ってきたことと、一緒にいられることだけで嬉しいと思っていた。

ここに二人で住むつもりで家づくりだってしてきた。

駿くんは私を見つめながら、ネクタイに手をかけてゆっくりと緩めた。

その仕草が色っぽくて、頬がかあっと熱くなる。

きっと今、私の顔は真っ赤になっている気がする。

「結愛、僕たちはずっと離れて暮らしていた。婚約は名ばかりで、顔は合わせていても、兄と妹のような関係でやってきた。でも、僕は君の兄ではないし、君は妹じゃない」

あたりまえのことを、あえて口にした駿くんに私は驚いていた。

「結愛……わかっている？」

私はいつのまにか口の中に溜まった唾液をこくんと呑んだ。

まっすぐに私を見る駿くんの目から逃げ出したいのに、むしろひきつけられる。

「う、ん、駿くんは兄じゃないよ」

「僕を男として意識している？」

「しているよ！　私は駿くんが好きだし、今だって……ドキドキしているもの」

「結愛。男のベッドでそんな無邪気なことを言うもんじゃない」

繋いでいた手が離れて、肩にまわったかと思ったら、背中がふわんとスプリングのきいたベッドに埋もれた。私の頭の横に駿くんが肘をつく。見上げた先にものすごく近付いた顔があった。

「駿、くん？」

「結愛には、僕が兄じゃないってことをわかってもらわなきゃならない」

「わかっている、よ」

「そうかな？」

駿くんの大きな手が私の頬を包んだ。体重など一切かかっていない。けれど、駿くんから発せられる強い威圧感で、身動きがとれない。

「二人きりだとわかっていて警戒心もなく、こうして押し倒されながら抵抗もしないのに？」

頬に触れた手がゆっくりと私の髪を梳く。そうしてまた頬から耳、首筋へと辿っていく。肌をかする長い指先は、安堵よりも緊張を生み出す。

どくんどくんと速くなる鼓動が耳に届いた。

二人きりの静かな部屋で聞こえるのは、自分の心臓の音と緊張で吐き出す息遣いだけ。

「結愛」

艶やかな熱のこもった声が目の前の唇からこぼれる。

同時に駿くんの親指が私の唇をゆっくりなぞった。

そこにいるのは、幼い頃から慕ってきた兄のような人じゃない。

怖い、そう感じた自分にびっくりした。

私の心中に気付いたように、駿くんもぴくりと震え、そして目を細めて私を見下ろす。

この人は……誰？

こんな駿くんは、知らない。

よく知っているはずなのに、見知らぬ男の人に見えて体が勝手に固まる。

「結愛、僕にちゃんと恋をして。僕は君を一人の女性として見るし、君にも僕を男として意識してもらう。そのうえで、君には答えを出してほしいんだ」

私は恋をしているよ、駿くんが好きだよ。

そう言いたいのに口にできない。

怖い、そう思う自分がいるのも事実だから。

「猶予がいらないなら、今夜からここで僕と一緒に暮らそう」

にっこりと駿くんが綺麗に笑う。

それはいつも目にしていた穏やかな笑みとは違っていて、私はあやつられた人形のように、こくんと頷くことしかできなかった。

◆◆◆

「駿くん、この箱の中身はここに出していいの？」

「ああ、あとで整理するからとりあえずそうして」

駿くんは帰国後、土日合わせて五日間の休みを確保していた。その間にいろんな手続きをするために外出したり、荷物の整理をしたり、この家での生活基盤を整えている。

私もお屋敷の仕事はお休みして、駿くんの手伝いをした。

駿くんはお屋敷を任せていた執事の斉藤さんや家政婦の清さんに、今後の指示と私の処遇についても話す。

私はお屋敷内に自室を確保したまま、この家で一緒に駿くんとの生活を始めることになった。

『私が二十歳になるまで』という約束はどうやら彼らにも把握されていたらしく、最初は正式に結婚が決まる前から同居を始めることに難色を示していた。

けれど、駿くんは「このままの距離感で結愛が結婚に応じても意味がない」というようなことを語って説得した。

すると斉藤さんと清さんは顔を見合わせて、結果仕方なさそうに受け入れてくれたのだ。

「僕にちゃんと恋をして」と駿くんは言った。

私はちゃんと駿くんに恋をしている。

駿くんのことが好きだし、駿くんのそばにいたいし、結婚したいと思っている。

でも駿くんは首を横に振る。

まるで私の気持ちがまだ恋になっていないとでも言いたげだ。

私は納得できないけど。

段ボール箱から本や雑誌を取り出して、棚の空いた場所にしまった。

「結愛、これもそっちに」

と言って、駿くんが同じ棚に雑誌を置いた時、指先が触れた。

咄嗟に手を引いてしまう。

バラバラと床に雑誌が落ちた。

気まずい！

一緒に暮らし始めて数日……駿くんの思惑通りなのかどうかわからないけれど、私は彼との距離感がうまく掴めなくなっていた。

考えてみれば、こんなに長い時間一緒にいるのは初めてなのだ。

海外留学中も長期休みには遊びに行っていたし、帰国時にも会っていた。インターネット電話だって頻繁にやっていた。

好きな人がやっと帰ってきて、さらに一緒に暮らせることになった。

喜んでいいはずなのに、私は気の休まる暇もなく、ずっと緊張した日々の中にある。

「結愛、大丈夫か？」

「大丈夫！」

分厚い海外雑誌は重みがあるから、足先にでも落ちていれば痛いだろう。幸いかすった程度で済んだので、私はすぐに拾おうとかがんで手を伸ばした。

駿くんにその手を掴まれて、やっぱり引こうとしたのに今度はできなかった。

反射的に顔を上げると、私と同じように床にかがんだ駿くんが、じっと私を見る。

熱を秘めた眼差しは、帰国して時々見せるようになったもの。

「結愛。僕は意識してほしいんであって、怯えさせたいわけじゃない」

「……怯えているわけじゃない」

駿くんは私の手首からそっとその手をずらして指を絡めてきた。

「そうかな？」

「駿くんがいつもと違うから、わからなくなって……」

「違うだろうね、僕は結愛には兄のような振る舞いしかしてこなかった。男としての僕と一緒にいるのは怖い？」

数日一緒に暮らした中で、私は確かに混乱している。

昔と同じように優しく見守ってくれたり、同じ距離を保ったりすることもあれば、こんなふうに急激に踏み込んできたりもする。

「怖がらせたいわけじゃないし、怯えられるのも嫌われるのも望んでない。結愛が落ち着かないなら、お屋敷に戻っても構わないよ」

「怖くないの、そうじゃなくて恥ずかしいだけなの。私の答えは決まっているし、気持ちだって変わらない！　お屋敷には戻らない！」

絡み合った手を引かれ、私は駿くんの腕の中に収められた。

逃げ出したいと思うのは怖いからじゃない、恥ずかしいからだ。

「だったら慣れて」

「………」

返事の代わりに、私は強張(こわば)った体から少しずつ力を抜いた。

今までは大好きだった腕の中。安心して身を委(ゆだ)ねられた場所。

でも今はドキドキのほうが勝(まさ)って、落ち着かない。

男として意識させられて、私の中にあった駿くんへの好意がどんどん形を変えていく。

あたりまえにあった駿くんへの「好き」という気持ちは、憧(あこが)れや思慕(しぼ)や親愛の延長線上にあって、温かで優しいものだった。

けれど今は、戸惑いや緊張、そして羞恥(しゅうち)が加わって、いろんな色がぐるぐる混ざり合っている感じだ。

これが「恋」なら、心臓がいくつあっても足りないと思う。

駿くんの手が私の頬(ほお)を包んだ。

その合図のような仕草に、私は反射的に目を閉じる。

額にこめかみに頬(ほお)にと降(ふ)ってくる唇は、私の中に一つずつ熱を灯(とも)していく。

小さいけれど力強いその熱は、いずれ体中に広がっていきそうだ。

キスは唇以外の場所に降(ふ)り注(そそ)ぎ、手は腕や背中などに触れていく。

『駿くんこそ私のこと、どう思っているの!?』

そう、最初にこんな風に触れられた時に聞いた。

すると駿くんは、『二十歳になるまで僕は言葉にはしない。君に流されてほしくないから』と言った。

そうして私に触れながら『わからない？』と聞いてきた。

駿くんは言葉でないもので、私に気持ちを伝えてくる。

自分の勘違いだったら怖いと怯える時もあれば、私はこのまま与えられる感情を信じていいのだと思える時もある。

私は駿くんに「怖いわけじゃない」と示すために、勇気を出して腕を伸ばして抱き付いた。

胸に溢れる愛しさが駿くんに伝わればいいと願って。

◆　◆　◆

一緒に暮らし始めて数週間、私は同居生活のリズムに少しずつ慣れ始めていた。

今日も朝からキッチンの白い天板の上に木のまな板を置いて、冷蔵庫から取り出した野菜を切り分ける。

前日の夜からひいた出汁を火にかけて、二合炊きの土鍋にも火をつけた。

炊飯器ではなく土鍋でご飯を炊くのは、少量でも早くおいしく炊けるから。

ぐつぐつ沸騰したらすぐに火を弱火にしないといけないから、音に気をつけて調理する。

昨夜のうちに下ごしらえを済ませていた、小松菜のお浸しを小鉢に盛る。今日のお魚は鰆の味噌漬け。これはお屋敷で働く料理長からのお裾分け。焦げやすいので火加減は要注意だ。

木目のトレイをふたつ準備して、食べ物を盛った器を並べているとダイニングの扉が開く。

「おはよう、結愛」

「おはよう、駿くん」

駿くんはまだセットしておらずサラサラの髪のままで、薄い水色のシャツと淡いグレーのスラックス姿だ。

そうして私を背後から抱きしめてくる。

最初にこうされた時は、びっくりしてお料理の入った器をぶちまけてしまった。駿くんは笑いながら『毎朝するからすぐに慣れるよ』って言って一緒に片付けてくれた。

その時はまさか本当に毎朝こうされるとは思っていなかったけれど。

男としての駿くんを見せられた当初は「怖い」という気持ちが確かにあった。駿くんが同じ空間にいることにドキドキしすぎて、家事を言い訳に逃げ出した時もある。

駿くんは、私の様子をうかがいながら、慣れ親しんでいた雰囲気を出したり、あえて壊したりして、それを繰り返すことで私を慣れさせていった。

十歳も年上なんだから、私が彼の掌の上で転がされるのは仕方がないと思う。

駿くんの手がお腹にまわって、ぎゅっと抱きしめる。

背後から包むように抱きしめられると、駿くんの大きさがリアルに感じられる。それに、馴染んだ香りに安堵さえ覚え始めていた。

そうして顔を上げると、唇が降ってくる。

頬に額にこめかみに、唇以外の場所にはあますことなくキスされた。

『どうして唇にはしないの？』という問いは『歯止めが利かなくなるからだ』と憮然として言われて以来、口にしていない。

十六歳で初めてした時は、怖いだけだったキス。

今は、どんなキスをしてくれるんだろうかと期待さえし始めている。そのたびに、私は駿くんが好きなんだなと日々想いを実感する。

だって、駿くんを求めているから。

兄じゃない、男としての駿くんをもっと知りたいと思い始めているから。

「緊張しなくなったな……」

「駿くんが、慣れてって言った」

「緊張していたのもかわいかったし、こうして慣れてくれるのも嬉しいけど、結愛が二十歳になるまで耐えられるかな……」

眉間にしわを寄せて、駿くんが唸る。

「耐えなくてもいいよ」

私の誕生日はもうすぐだ。

そして私の答えはとうに決まっている。

こうして駿くんに触れられるたびに、本当は無理やりにでも奪ってくれればいいのにと思っている。同居し始めて、駿くんは私の思考をそんなふうに塗り替えた。

だからといって、私からキスをしかけたり、誘ったりなんてできないんだけど。

「結愛、朝から僕を暴走させるつもり?」

……しないくせに、という気持ちで見上げると、駿くんが私を小さく睨む。そして、はあっとため息をついてから、くすっと笑った。

「ここまで我慢したんだ。約束はきちんと守る。今日もうまそうだな、ごはんにしようか?」

やっぱりあっさり私を手放して、駿くんはダイニングの椅子に座った。

駿くんは知らない。

こうして抱きしめられるたびに、私の体が変化していることを。

体の奥に甘いものが満ち始めていることを。

私もそれを誤魔化したくて、食事の準備にとりかかることにした。


駿くんは必ず最初にお味噌汁を口にする。お味噌汁は、出汁をきかせればお味噌の量は少しでいい。出汁とお野菜のうまみとが溶けて、同じお味噌を使っても毎朝違う味になる。

海外生活が長かった駿くんは、その反動のように和食が好きだ。

そして、駿くんがお味噌汁を口にして、ふっと表情をゆるめたのを見て私は今日も上手にできたんだとほっとする。

それを確かめてから私も食事を口に運び始めた。

「今夜、夕食いらないんだっけ？」

「んー。結愛のごはんのほうがおいしいんだけど。残念ながら会食が入っている」

「うん、わかった」

土鍋で炊いた炊き立てのごはんは、ふっくら艶々(つやつや)している。

口の中に入れると甘みがふわっと広がって、とてもおいしい。

鰆(さわら)も焦げ付かずに味噌(みそ)の味が染みているし、料理長にお礼を言わなきゃ。

「結愛……二十歳の誕生日だけど」

おもむろに切り出されて、私はお箸(はし)を置いて背筋を伸ばした。

「あ、うん」

知らず鼓動が大きくなってくる。

「二十歳だからみんなでお祝いしたいだろうけれど、僕と二人だけでいい？」

母からも、誕生日当日どうするつもりなのかという連絡がきていた。二十歳の誕生日は金曜日だから、家族でのお祝いは日曜日でも構わないわよ、と言ってくれたのは、この日が特別だと知っているからだ。

「駿くん、仕事は大丈夫なの？」

「結愛の大事な二十歳の誕生日だからね、昼間は仕事だけど夜はなにがあっても空(あ)ける」

「駿くんと二人がいい」

大切な、ずっと心待ちにしていた二十歳の誕生日。

特別な日はやっぱり駿くんと二人きりがいい。

颯真くんたちは、いろいろ言ってくるかもしれないけど、そこはお母さんに任せよう。

「ああ、じゃあ、レストランを予約するから一緒に食事をしよう。そうだな、せっかくだからもっとかわいくしてもらおうか？　今のままでも結愛はかわいいけど、誕生日だからお姫様みたいになろう？」

「もうお姫様って年じゃないよ」

「関係ない。結愛が僕のお姫様なのは変わらない」

甘さを感じる目をして言われて、私はうつむく。

駿くんのこんな言葉には慣れてきたつもりだけれど、やっぱり恥ずかしい。

「うん、ありがとう」

私がお姫様になれるかどうかはともかく、駿くんが王子様なのは確かだ。王子様の隣にいるのにふさわしい姿になれるなら、少しでもかわいくしてもらいたい。

「楽しみだな。じゃあ結愛、清さんにいろいろ頼んでおくから」

「うん」

二十歳まであと少し。

駿くん……私の答えは決まっているよ。

私が駿くんにふさわしくないとしても……私は駿くんを諦めたりしないの。

駿くんが仕事に向かったあと、私はこの家での家事を済ませる。

そして、白いブラウスと黒いスカートに着替えるとお屋敷に向かった。お屋敷で働くのに制服はないけれど、トップスは白、ボトムスは黒と色だけ決まっている。

こうして着替えることで、私はお仕事モードに気持ちを切り替えた。

玄関わきの曲がりくねった小道を抜けると、高遠のお屋敷が見える。

海外建築の様式を取り入れた別荘風の大きな建物、それが高遠のお屋敷だ。

白い外壁に丸みを帯びた柱、深緑色の屋根、等間隔に並んだ白い窓枠は黒いアイアンの飾りがアクセントになっている。様々な種類の低木で区切られた先に広がるのは、芝生の裏庭。タイルデッキにはこげ茶色のガーデンチェアが並び、こちらからは見えないけれど奥にはプールもある。

ゆるやかな角度のスロープは高遠家自慢の洋風庭園に繋がっている。そして青々とした紅葉の木に隠れるようにしてお屋敷の裏口があった。

使用人専用の休憩室を抜けて厨房に入ると、料理長が忙しそうに動きつつも私に気付いてくれる。

「お疲れさまです」

「お疲れさま。今、碧が部屋の片付け中だ。それから今日はサロンがあるからな」

「はい、片付けに行ってきます」

厨房からお屋敷の中に入ると確かに玄関のほうから、サロンに来た女性たちの声が聞こえる。遭遇しないように気をつけながら、臙脂の絨毯敷の廊下を足早に歩いた。二階への階段を上ると、半分開けられたこげ茶色の扉の向こうで碧さんがベッドのシーツをはがしていた。

「碧さん！　なにをすればいいですか？」

「じゃあ、バスルームのほうお願い」

碧さんは料理長の奥さんで、料理長や清さんのお手伝いを中心に、このお屋敷の家事全般をサポートしてくれている。

このお屋敷で働いている人は執事の斉藤さん、家政婦の清さん、料理長に、奥さんである碧さん、お屋敷のメンテナンスも請け負っている運転手さん、そして私の六人だ。

高遠のお屋敷は、二年前に大往生で亡くなるまで、駿くんの曾祖母である大奥様が管理していた。駿くんの祖父母は、大奥様が亡くなったのをきっかけに、駿くんのお父さんに事業を譲り、山の奥に引っ込んでしまった。

ちなみに駿くんのご両親は仕事の関係で海外を転々とし続けている。駿くんのお父さんは高遠グループを統括する親会社の社長をしているのだ。いずれは、その地位を駿くんが継ぐことになっている。

そして駿くんはこの家とは別に、自分の家を建てた。

高遠のお屋敷で働くみんなは、お屋敷に泊まりにくる来客をもてなすのが仕事だ。

この家がそういうふうに使われるようになってからの歴史は長い。ホテルがまだ少なかった時代、海外建築を取り入れ、別荘の機能も併せ持ったこのお屋敷は、人が集まるのに適していた。自然とここで重要な話をすることも増え、いくつかの契約が交わされたこともあった。

多くの親族が一緒に住んでいたこともあったし、まったく関係のない人間を住まわせて、才能の支援をしたこともあったらしい。

私を引き取った直後、親戚でもない矢内の家族が一時期ここにお世話になることができたのも、そういう流れがあったためだった。

そして数年前までは、国内や海外の取引先の中でも特に重要な相手をもてなすために、このお屋敷は頻繁に利用されていた。

海外企業のトップなどは、日本に来る時にホテルに泊まるより、高遠家に泊まりたいと言うのだそうだ。今でも、長期の視察や、合同プロジェクトなどで日本に滞在が決まると、ここに滞在可能かどうか聞かれる。

大奥様が亡くなってからは、使用人の人数も減ったので、せいぜい一組か二組ぐらいのお客様しか受け入れていないけれど。

もっとも、ここはホテルではない。

ホテルのようなサービスではなく、あくまでも高遠家の大切なお客様として、家族の一員のような気持ちでお世話をする、それがここの在り方。

だからお金もいただかない。

そういったことを了承する人たちだけが、このお屋敷にやってくる。

「お客様の予定はありますか？」

数日滞在していた海外の取引先の人は、今日帰国する。もしかしたら駿くんと一緒にお屋敷を出たのかもしれない。

「駿さんが、あまり入れないようにしているみたいよ。しばらくは使わないかもね」

二年前、大奥様が亡くなって、このお屋敷を相続したのは駿くんだった。

それから彼はこのお屋敷の活用の仕方を試行錯誤している。

元々、大奥様が体調を崩し始めてからは、お客様を迎える頻度は減っていたけれど、駿くんが相続してからは特に減った。

その代わりにこのお屋敷の家政婦である清さんによる、サロンが開催されるようになった。

去年は試行的に開催していて頻度が少なかったけれど、駿くんが帰国してから徐々に増えている。

「その分サロンのご希望は増えているみたいだけど」

「そっかあ、清さんのお眼鏡にかなう人がどれぐらいいるんだろう」

いずれ、宿泊客は必要最低限になって、サロン開催にシフトしてしまうのかもしれない。

「ふふ、そうねえ。あ、でも結愛ちゃんのお友達の真尋ちゃんだっけ？　彼女は今日いらしているはずよ。結愛ちゃんの休憩時間と都合が合えばお茶でもしたらどう？」

「真尋の予定が大丈夫で、清さんの許可が出たら、そうします」

私は碧さんと一緒に白い大きな布を、部屋の調度品にかけていく。しばらく使用しないので、埃がつかないようにするためだ。

少しずつお屋敷は変わっていく。

どんなふうに変化していくのか楽しみでもあり、寂しくもあった。

休憩時間を迎えた私は、無事、清さんの許可も得て、真尋の待つティールームに向かった。

料理長が気を利かせて準備してくれたケーキとティーセットをワゴンで運んでいく。

裏庭の緑鮮やかな芝生と、その向こうに広がる洋風のお庭を一望できるティールームはテラスの横に設置されている。床から天井まであるアール状のガラス窓の向こうには、春バラが咲き誇っていた。ブドウのつるを模した足のデザインが特徴的なテーブルのまわりには、体を包み込むような一人がけのソファが四つ並んでいる。

あえて少し開けられていた扉をノックすると、大きな窓からお庭を眺めていた真尋が振り返った。

「結愛！」

「久しぶり、真尋」

「うわあっ、おいしそうなケーキ！」

「今日はテーブルコーディネートのサロンだったんでしょう？　お昼もついていたなら、お腹いっぱいなんじゃない？」

「デザートは別腹ですよー」

私はわざとからかいながら白いクロスの上にティーセットをセッティングしていく。

小さなガラスの小瓶に挿しているのはお庭に咲いている薄いピンク色のバラの花。

それをテーブルの真ん中において、ケーキのお皿とティーカップ、カラフルな小さなお菓子がのった長方形の角皿を添える。

きらきらした目でそれを見ている真尋は本当に表情豊かだ。

高校の同級生だった真尋は、付属の女子大に進学した。今年になってから、長かった髪を切って、あごのラインに揃えてふわふわのパーマをかけている。二重のはっきりしたやや吊り目がちな目も合わさって、子猫みたいな雰囲気だ。

「今日大学は？」

「この曜日の講義、入れるのやめたの。せっかくサロンメンバーに入れてもらえたから、ここに通おうと思って」

「ええ？　そこまでする？」

「するわよ！　去年は日程が合わなくて断念したけど、今年は逆にサロンの日程に合わせることにしたの！　高遠のお屋敷で開催されるサロンに通うって、一種のステイタスみたいになっているんだから」

サロンが始まったのは昨年からだ。

私がこのお屋敷で働くことが決まって人手が増えたこと、宿泊のお客様を制限し始めたこともあって、このお屋敷の家事全般の責任者だった清さんが開催することになった。

昔からここに勤めている清さんには、私も小さな頃から面倒を見てもらっている。

母よりは年上だけどおばあちゃんというには若い清さんは、なんでもできる。

お茶、お花、着付けはもちろん、書道やフラワーアレンジメント、今日のテーブルコーディネートや社交ダンスまで、それらを師範並みに会得している。

礼儀作法やマナー、言葉遣いなども完璧だし、教え方もとてもうまい。

だから清さんに教えてもらえるのは勉強になると思う。

「少人数制だし、清さんのお眼鏡にかなわないとだめでしょう？　高遠家の清さんは知る人ぞ知るって方だから、彼女のお眼鏡にかなったってだけで、結婚話が持ち込まれるって話なのよ」

確かに清さんはこのお屋敷で、長年お客様のおもてなしをしてきた人だから、一部の企業のトップの方たちはご存じだろう。清さんの人柄に惚れてこのお屋敷への滞在を希望する人もいたし、お客様にもとても信頼されている。

サロンを開催すると決まった時、清さんが「誰でもは受け入れませんよ」と駿くんに言っているのを聞いて、成り立つんだろうかと心配していたんだけど、どうやら杞憂にすぎないようだ。

「それは……すごいね」

「結愛はわかっていないなあ。でもそれでいいんだよね」

真尋がやれやれというふうに私を見る。まるで幼い子を見るような生温かい視線は学生の頃から浴びてきたので、もはやなんの反論もない。

「それで、結愛がうんうんうなりながら理想を詰め込んだ高遠さんの家は、ここからは見えないの？」

「うーん、あの隙間からちょこっと屋根が見えるかな」

「結婚したら一緒に住むんでしょう？　高遠さんもやるよねえ。大きな鳥籠つくっちゃってさ。それも本人の希望をいっぱいつめ込んだものを結愛に自らつくらせたんだもん。そこから出ようなんて思わないよね」

「鳥籠ほど小さくないよ、このお屋敷に比べれば小さいけど、それなりに大きいし」

「そういう意味じゃないって」

結婚したら一緒に住む……真尋に言われて、実はもう一緒に住んでいますなんて言えないから誤魔化してみた。

ちょうど茶葉が開いた頃合いを見計らって、カップに注ぐ。

紅茶の香りがふんわり広がって、小さなティールームを甘く包み込んだ。

「もうすぐね、結愛の誕生日」

「うん」

「二十歳で人生決めて……後悔しない？」

「むしろ遅いぐらい」

高校で知り合った真尋とは、少しずついろんなことを共有してきた。

お互い公にできないことも多くて、ゆっくりゆっくり互いの秘密を教え合ってきたのだ。

大学進学しないと決めた時も、真尋は『これから世界が広がっていくのにいいの!?　せめて付属の女子大ぐらい行こうよ』と言ってくれた。

私はイチゴがたっぷり飾られたケーキを口にする。甘すぎない生クリームとイチゴの酸味が溶け合う。ふわふわのスポンジも優しい舌触りだ。

うーん、やっぱり料理長のつくるケーキは最高だ。私ももっと頑張らなきゃなあって思う。

「そっか……結愛はずっと待っていたんだよね、二十歳になるの」

「うん、早く二十歳になりたかった」

「結愛、高遠さんのこと好き？」

「うん、好きだよ」

女の子は十六歳で結婚できるのに、駿くんはそうしなかった。

高校生がダメなら卒業してすぐでもよかったのに、それもしなかった。

『結愛が二十歳になるまで』

それを頑(かたく)なに守ってきた。

駿くんとの年の差に焦(あせ)って、子どもであることがもどかしくて。でも、どうしたら近付けるかわからなかった。

『僕に恋をして、結愛』

駿くんの声がずっと耳に残っている。

二十歳の誕生日には私が駿くんに恋をしていると、今度こそ認めてもらいたい。

◆◆◆

今日は私の二十歳の誕生日。

小さな頃は自分の誕生日は特別だった。

家族全員がそろって、母の手作りケーキをみんなで食べる。年の数の蝋燭(ろうそく)を吹き消して、明かりがつくと「おめでとう」って言ってくれるみんなの声を今でも思い出す。

私も大きくなって、兄たちが就職してからは、集まれない日も仕方なく受け入れられるようになった。

代わりに、高校生になると両親と外食するようになった。

家を出て高遠家に来た去年は、お屋敷でみんなに祝ってもらった。

だから駿くんと二人きりで過ごす誕生日は今日が初めてだ。

「おはよう」より先に駿くんが「お誕生日おめでとう」と言ってくれた。

家族からは順番に電話がきたし、お屋敷の人たちも顔を合わせるとみんながお祝いしてくれた。

今日ほど特別で、緊張する誕生日はないかもしれないと思うほど、朝からドキドキしている。

「二十歳のお誕生日ですよね？　おめでとうございます」

清さんの手配で訪れたショップのスタッフが、服を渡しながら、お祝いの言葉を述べてくれる。

「ありがとうございます」

私は朝からエステに行ったりネイルをしてもらったりして、今は服を選んでもらい終わったところだ。下着やストッキングから始まり、どれもこれも少し背伸びしたような大人びたものがセレクトされた。私は戸惑いながらも素直に着せ替え人形になって、もうほとんどお任せ状態だ。

レースの綺麗(きれい)な下着は肌触りがいいけれど、ちょっと恥(は)ずかしい。さすがに自分でも無理だと思うものは断ったけれど「せっかくのお誕生日ですから」と体のラインがあらわなワンピースを着せられている。

濃紺の生地で、前面に可憐な刺繍がほどこされていて、それがほんの少し体のラインを曖昧にしていた。スクエアネックで首元も大きく開いているし、下着がいいのもあって胸も綺麗な形になっている。太めのサテンのリボンが腰のくびれを強調しつつかわいらしさを滲ませる。

スカート丈は膝より十センチほど上で、普段着たことがない長さだ。すっきりとAラインで広がっているせいか足が細く見える。

髪はアップにして毛先をふんわり巻いている。

地毛がストレートで巻いた髪に憧れていたから、これはちょっと嬉しい。

最後にデコルテを飾るネックレスと、シルバーのヒールの靴とバッグで、仕上げてもらった。

「かわいらしいのに大人っぽくて、とってもお似合いですよ」

スタッフの人には褒めてもらえたけれど、自分では判断がつかない。

でも、駿くんの言うお姫様になれたならいいなと思った。

駿くんと私の年の差は十歳。

その差は永遠に埋まることはなくて、彼から見れば私はいつまで経っても子どもだろう。

ことあるごとに「二十歳になれば」と言われてきたせいで、二十歳はもっと大人だと思っていた。

大人になれるのだと思っていた。

でもいざ今日二十歳の誕生日を迎えても、昨日とどう違うのかわからない。

「あ、お迎えの車がいらしたみたいですよ。今日着てこられたお洋服は、お宅にお届けしておきますね」

「ありがとうございます」

私は用意された車に乗って行き先も知らないまま連れていかれた。

街のほうへ行くのかなと思っていたのに、車はどんどん山の中に入っていく。

ビルが消えて、明かりが減ってきて、住宅街を抜けて、山への坂道を上(のぼ)っていくうちに、ほんのちょっとだけ、どこへ向かうのか不安になった。

同時に胸の奥深くに押し込めていた黒い塊(かたまり)が姿を現す。

私は矢内家の養女だ。そして婚約のきっかけは私の立場を守るためのものだった。

矢内家の養女でなければ、駿くんと出会うことも婚約することもなかったはずだ。

私自身にはきっとなんの価値もない。

高遠家の御曹司である駿くんに、ふさわしくないだろうことはずっと感じていた。

私へ与えられた「二十歳」という猶予(ゆうよ)は、駿くんにとっても猶予(ゆうよ)だったはず。

私がここで「結婚しない」と言えば、駿くんは私から解放される。

私が「結婚したい」と言えば、駿くんはずっと私に縛られる。

駿くんが婚約解消しない理由は怖くて聞いたことがなかった。そしてそれをいいことに、私は駿くんに甘えて、気持ちをぶつけてきた。

薄暗い道にひきずられるように、思考がマイナスになりかけて、私は首を左右に振った。

そんなこと、これまでだってずっと悩んできたことだ。

駿くんを好きなら、彼のことを本気で想うなら、十歳も年下の私なんかじゃなく、もっとふさわしい人がいると言って、早々に婚約解消すればよかったのだ。

それができなかったのは、駿くんのことが、どうしようもなく好きだったから。

そして駿くんが、嫌がることなくずっと私を大切にしてくれていたから。

ふっと明かりが降り注ぐ。

薄闇に温かな明かりが広がって、私ははっとして顔を上げた。

坂道を右手に曲がって下った先に、自宅のようなモダンな建物が見えた。入り口前の階段に駿くんが立っていて、その姿を見た私は一気に安堵した。

駿くん、駿くん、駿くん!!

スポットライトの真下に立って私を待っていた駿くんは、今朝仕事に向かった時とは違うスーツ姿だった。わざわざ着替えてくれたんだって、すぐにわかる。

車のドアが開くと、駿くんが手を差し出した。飛びついてしまいたい衝動を抑えて、私はその手に支えられて車を降りる。

駿くんが私を見てどう思うか知りたくて、ずっとその目を見つめていた。

「とても綺麗になったね、結愛」

「……駿くん、おかしくない?」

「おかしくないよ。結愛はいつもかわいいけど、今夜は特にかわいい」

駿くんの甘い言葉に足元がふわふわ浮いているような気分になる。

「お姫様になれている？」

私は胸元で両手を合わせて、駿くんを見上げる。

「お姫様になりたい」。それが私の幼い頃の夢。

駿くんは私の質問の意図に気付いたのか、笑みを消して目を細める。

「ああ、僕だけのお姫様だ」

駿くんの言葉にほっと安堵(あんど)していると、

「お姫様お手をどうぞ」

と言われる。

山の上のせいかひんやりとした空気が頬(ほお)をなでた。私はちょっとだけ気取った仕草で、駿くんの手に自分の手を重ねた。手を繋(つな)いでゆるやかなスロープを歩く。

お店の人が扉を開けて待っていてくれて、私はお辞儀(じぎ)をして中に入った。

建物の入り口側から見える場所には細長い飾り窓しかなかったのに、反対側は壁一面がガラス張りになっていた。

窓の向こうには、山の下の景色が広がっている。山の裾野(すその)には街の明かりがキラキラと光の模様を描いている。夜空の星も都会よりはっきりとその存在を主張して、空と地上の明かりが溶け合っているように見えた。

「すごい、綺麗(きれい)……」

「この景色を気に入って、オーナーはここにお店を出したんだよ」

「辺鄙(へんぴ)ですが、昼間の景色ものどかで癒(いや)されるんですよ。どうぞこちらへ」

黒いエプロンを腰にまいた男性が、席に案内してくれる。

こげ茶色のテーブルが四つ並べられた空間は、シンプルでゆったりしていた。

白い壁にガラス窓、天井に一部だけ木が張られている。

明るさを抑えた照明の下のテーブルは小さなキャンドルがひとつ灯(とも)されていた。銀色のフォークとナイフと白いナフキンが並べられているのもそこだけ。他はガラスの器(うつわ)に一輪ずつ違う花が飾られている。

「貸し切りにしたわけじゃないんだけど、ここは一日に迎えるお客を十人って決めている。今日はほとんどがランチにきて、夜が僕たちだけだったらしい」

私の視線に気付いて駿くんが先に説明する。

私たちは外の景色が見えるように、四角いテーブルの角に隣り合って座った。

右手の奥にはカウンターをはさんで厨房(ちゅうぼう)がわずかに見える。外観通り、個人の家の夕食に招待されたような雰囲気があった。

お客様は私たち二人だけだとわかって、少し緊張が解(と)ける。

「結愛、せっかくだからアルコール呑んでみる?」

「いいの?」

「どれぐらい呑めるかわからないから、軽めの物を少しだけね」

「うん!」

アルコールは初めてだ。なんだか急に大人になったことを実感する。

お酒もタバコも解禁、選挙権もある、国民年金も支払って、親の承諾（しょうだく）を得ずとも結婚ができる年齢。

駿くんはシャンパンをもらって、私は白桃のカクテルをもらった。

「結愛、誕生日おめでとう」

「ありがとう」


お料理は小さなポーションがいくつも運ばれるスタイルだった。

地元の野菜を使い、その旨味（うまみ）を最大限に引き出す調理法で料理を作っているのだと、出されるたびに説明してもらった。

ショートグラスに入れられた白身魚のお刺身は、最後にお出汁（だし）を使ったスープを入れていただいた。ふわふわの泡の蟹（かに）のクリームが添えられたスフレだとか、フォアグラを薄いカブで包んでハーブと組み合わせたものだとか、和食とも洋食ともつかない創作料理だ。

私はさっきから「おいしい」と「かわいい」を連発している。

白桃のカクテルは桃の甘みと、とろりとした感触でまるでジュースのようで、けれど時間とともにじんわりとお腹が温まったような気がする。

「この間、真尋が清さんのサロンにきて、あ、真尋って高校からの友達で」

「ああ、結愛のメールでもよく名前が出ていた子だね。清さんのサロンに入れるなんて見込みがあるな」

「真尋も言っていたけど、清さんのサロンってそんなに特別なの？」

駿くんの手にはいつのまにか白ワインのグラスがある。駿くんはいつもより饒舌な私の話をにこにこしながら聞いてくれていた。

「清さんは、僕の曾祖母からすべてを学んだ人だからな……厳しい人の指導に耐えたから、清さんも妥協を許さないだろう？　教えるからにはきちんと身に着けてほしい。だから学びたいという意欲のある人を優先させているだけだとは思うけど。清さんのサロンの最初の生徒は結愛なんだから、わかるだろう？」

「どうかな？　私は清さんに遊び相手をしてもらいながらだったし、お手伝いさせてもらっていただけだから」

「清さんは結愛が小さい時から、日常に組み込んでいろいろ教えてきたからね」

駿くんが海外留学して、彼のご両親も仕事の関係で海外を転々とするようになっても、私は週に二回以上は高遠家に通っていた。お屋敷の人たちは私をかわいがってくれたし、小学生だった私のしつけをしてくれたのは清さんだ。

そして、駿くんの曾祖母である大奥様。

大奥様も居場所を転々とする人で、気が向くとふらりと高遠家のお屋敷に戻ってきて、数日、もしくは数週間滞在していた。

日本の田舎に住んでいたこともあれば、海外の別荘にこもっていたこともあるし、世界一周の船旅をしていたこともあった。

遊びに行っている時に帰ってくると、滞在先や旅行先の土産話をたくさん聞かせてくれたり、お茶やお花の指導をしてくれたりもした。晩年は体調を崩して入院していたけれど、自由気ままに生きている人だった。

「次はお水にしよう、結愛。これ以上は呑まないほうがいい」

「うん、そうする」

ここは料理人であるオーナーと、ソムリエ兼給仕担当の二人しかいないのだそうだ。

趣向をこらした料理を提供できる人数も、対応できる人数も限られているから、一日十人限定なのだ。温かい家庭的な雰囲気の中でいただく駿くんと二人だけの食事と、初めてのアルコールで私はすっかりリラックスしていた。

メインのお肉料理が終わると、照明の明かりがさらに落とされる。

そして運ばれてきたのは小さなケーキ。

生クリームにイチゴが飾られたそれは、シンプルだけど私が一番大好きなケーキだ。

細長い二本の蝋燭が私たち二人の顔を照らし出す。お皿にはハッピーバースデーの文字。

「二十歳の誕生日おめでとう、結愛」

今日一日、いろんな人に何度となく言われ続けた言葉。駿くんには朝にも言ってもらった。

でも今ほど実感した瞬間はない。

やっと、やっと二十歳になった。

ずっと子どもで、年の差は永遠に縮まらなくて、駿くんにとっては今でも子どもに見えるかもしれない。

でも駿くんと約束した「二十歳」だ。

「ありがとう、駿くん」

私はふうっと蝋燭（ろうそく）の火を吹き消したけれど、照明は仄（ほの）かに落とされたままだった。

テーブルの小さなキャンドルだけが淡く辺りを照らす。

しんと静まって初めて、室内にはずっとピアノの音が流れていたことに気が付いた。

煙が細く流れるそばに、駿くんが小さな箱を置く。

「結愛は今日二十歳になった。二十歳になったら、結愛の気持ちを聞かせてほしいって伝えていたよね？」

私はすっと背筋を伸ばして、お誕生日のケーキと小さなプレゼントらしき箱と、そして駿くんへと順に視線をうつした。

キャンドルの炎が揺らめいて、駿くんの表情にも影と光が重なる。

「結愛、僕と結婚してほしい」

どくんっと心臓が鳴った。

私たちが婚約を交わして十五年。二十歳になったらとずっと言われていたけれど、これほどすぐに結婚の二文字が出るとは思ってはいなかった。

なにより……駿くんから言われるとは思っていなかった。

私が「好きです」って言って、「結婚したい」って言って。

駿くんは「いいよ」って返事をするだけだと思っていた。

だから、今ので十分。これ以上の言葉を求めるのは分不相応かもしれない。

でも私には、それよりももっと欲しい言葉がある。

膝の上の手をぎゅっと握りしめて、私は駿くんを見つめた。

私の「好き」がきちんと伝わるように。

兄としてじゃない、家族としてじゃない、親愛の情ではなくきちんと「恋」をしているのだと、駿くんにはわかってほしいから。

「駿くん。私は駿くんが好き。ずっと長く婚約者だったからとか、そんなの関係なく一人の男の人として好き」

恥ずかしくて、視線を伏せたくなるのを堪える。駿くんもまたまっすぐに私を見る。

「駿くんこそ、私のこと一人の女の子として好きですか？」

駿くんの気持ちをずっと知りたかった。

十五歳で五歳の女の子と婚約させられた駿くん。

私は心の中で何度も問うてきた。

そのせいで駿くんの人生は私に縛られたんじゃないか。

私を守るために駿くんは犠牲になったんじゃないか。

永遠に縮まらない十歳の年齢。

私は二十歳になってもまだ子どもで、大人の駿くんにはいつまでも追い付けない。

車の中でも考えていた不安が、この期に及んで一気に噴出してきて泣きたくなる。

「結愛……君と婚約した時、君は五歳でなにもわからなかっただろうけれど、僕は十五歳だ。その意味も理解していたし、自分で納得して決めた。確かに最初は婚約と言っても時間が経てば、解消される程度のものだと思っていたこともある。なにより君が望めば、僕はいつでも解消するつもりだった。さすがに小・中学生だった君をそういう目で見るのは憚られた」

駿くんの言うことはわかっている。

私は五歳、駿くんは十五歳、私が十歳の時にはすでに成人していた。

恋愛対象として見ないほうが当たり前だ。

私たちの婚約はどこまでも曖昧だった。

「でもあの時……結愛が十六歳のあの時、初めて君を意識した。最初から君は僕にとって妹じゃなく、一人の女の子だったけど、あの日からずっとそういうふうにしか見ていない」

駿くんが、私が十六歳の時に意識したと言ってくれたことが嬉しかった。

私も同じ。

一番悲しかった時に駿くんに一番に相談に行って慰められて、私も一人の男性として意識した。

お互いあの時に、恋が始まったのかもしれない。

「結愛が好きだ」

「…………」

初めて、駿くんが「好き」だと言葉にしてくれる。

はっきり言葉にされるまで自信がなかった。

目に溜まっていた涙が、ふわりと落ちた。

「本当はずっと口にしたかった。君が僕を慕ってくるたびに、好意を示されるたびに、約束なんて放棄して、気持ちを伝えたかった。でも同じぐらい君の意思も尊重したかった。五歳で婚約したせいで、刷り込みのように生まれた僕への好意が、どう変化していこうと許さなきゃいけないって」

駿くんの手が伸びて、私の濡れた頬をぬぐう。

切なく揺れる駿くんの視線に、彼がずっと私を見守ってくれていたのだと今更ながらに感じる。

「本当は二十歳で結論を出させるのも酷なことだと思っている。君の世界はこれから広がって新たな出会いもあるはずなのに、僕はこれ以上待つことはできないんだ。結愛がもしこの指輪を受け取って、僕との結婚を望んでくれたら、僕はもう待たないし逃がさない。だから……嫌だったらきちんと断って。今なら僕は君を手放せる」

私はテーブルに置かれたプレゼントのリボンをほどいた。

駿くんに手放せるって言われて、嫌だと思ったから。

断るなんてそんなこと一度も思ったことない！

グリーンがかった革のケースを開くと、ダイヤの指輪が入っていた。

私はそれを駿くんに渡す。

「駿くん、はめて。私は駿くんが好き。駿くんと結婚したい。手放せるなんて言わないで。ずっと駿くんに縛り付けてよ！」

駿くんが指輪をそっとつまみ上げた。

そして、私が差し出した左手を恐る恐るといった感じで支える。

額にかかる髪、わずかに伏せられた目、私たちだけを淡く浮かび上がらせるキャンドルの明かりは、駿くんを見知らぬ男性に見せた。

「結愛……僕の隣に立って表に出るようになれば、君は傷付くことも増えるだろう。今まで隠してきたことも白日の下にさらされるかもしれない。それでも、僕と結婚する？　指輪をはめても構わない？」

駿くんらしくない硬い声が、二人きりの店内に静かに響いた。

その目は私に覚悟を強いることを躊躇うように揺らいでいる。

ずっと大人の駿くんが、少し幼く見えた瞬間。

「私を駿くんの、駿くんだけのお姫様にして」

「結愛は永遠に僕のお姫様だ。結愛……好きだよ」

「駿くん、好き、好き」

溢れる気持ちを言葉にのせる。指先に指輪がかかって、ゆっくりと左手の薬指にはまっていくのを見ながら、私は覚悟を決めた。

なにがあっても駿くんと一緒に生きていく。

◆　◆　◆

お腹がいっぱいなのもあってケーキは持って帰ることにした。紅茶と小さなお菓子をいただいたあと、駿くんがおもむろに切り出す。

「結愛に選択肢を与えてあげる。このまま家に帰るか、ホテルへ泊まるか」

「ホテル？」

「覚悟ができていないなら、家へ帰る。大丈夫ならホテルへ行く」

駿くんの言葉の意味がわからないほど子どもじゃない。

一緒に暮らし始めても、互いに個室があるから寝る時は別々に寝ていた。このまま家に帰れば、私に「そういう覚悟」ができるまで、駿くんは見逃してくれるつもりなんだろう。

駿くんは何度も際(きわ)どい雰囲気を出しながら私を意識させてきたくせに、どこかで頑(かたく)なに一線をひいていた。

覚悟がないのは、むしろ駿くんのほうなんじゃないだろうか。

私が悩んでいたように、駿くんは駿くんで悩んでいたのだと、今夜彼の気持ちを聞いて知った。

二十歳で人生を決めさせることに、駿くんは戸惑っている。

二十歳になったばかりの私に、本当に触れていいか迷っている。

「覚悟できているよ、ホテル行きたい」

私が言うと、駿くんは、はあっとため息をつく。

「結愛はわかってない」

「なにが？」

「一度触れれば止まれない。兄のように優しくはできない」

「駿くんは兄じゃない」

言い返せば、駿くんはあきれたように私を睨む。

「そうだった。結愛は妹じゃないし……時々無性に性質が悪いんだった。猶予がいらない、なんて言うから、お屋敷に戻せなくなったし。一緒に暮らせば、どうしても触りたくなるし。約束だけは破りたくないから、我慢させられるし。なのに本人は無邪気だ」

「私だって我慢したよ」

「あれだけ僕を誘惑しておきながら？」

誘惑したのは駿くんのほうだ。

毎日のように私を抱きしめて、唇以外の場所にたくさんキスをして、勝手に体を目覚めさせた。

「私を、駿くんのものにして」

言った瞬間、自分が放った言葉の意味に気付いて、私は恥ずかしくなって両手で頬を包んだ。

なんてことを口走ったんだろう。

案の定、駿くんは呆気に取られて私を見ると、その後にっこりと綺麗に笑った。

私に時々見せるようになった、男としての表情。

「君のすべてを僕のものにする」

駿くんは私の耳元でささやき、私の腕を掴んだ。

左手の薬指に結婚の証をはめた私の手が、駿くんの大きな手に包み込まれた。

◆　◆　◆

連れてこられたのは数年前にできたばかりの外資系のホテル。

タクシーで向かう間に、駿くんは清さんに連絡をして、私たちの荷物をホテルに届けるように頼んでいた。

それだけで、彼らにいろんな意味が伝わった気がして私はいたたまれなくなった。

次に高遠のお屋敷に戻った時、きっと私の世界はこれまでとは違うのだろう。

鳥のひなのように駿くんのあとをついてまわって、お屋敷のみんなにかわいがられてきた。

私は駿くんだけを見ていればよかったけれど、これからは駿くんが見るものを隣で見ることになる。

ホテルのエレベーターに乗って、最上階のお部屋に通されると、お屋敷とは雰囲気の違うとても豪華な部屋が広がっていた。

大きなソファが鎮座するリビング。その隣は飾り棚で仕切られたダイニング。そして扉の向こうにベッドルームが見える。カーテンやクッションなど、臙脂と紫色がアクセントになった部屋はシックで大人っぽい。

壁一面はガラス張りで、さっきのレストランから見た景色とは違う、華やかな夜景が眼下に広がっていた。

リビングテーブルの上には、ワインやフルーツの盛り合わせ、そしてバラの花束が置いてある。

もし私が家に戻ると言っていたら、これらは全部無駄になったんだろうか。

仕事の忙しい駿くんが、私のためにいろいろ考えてくれたんだと思うだけで、なんだか泣きそうになる。

私は、バラの花束を手にして香りを嗅いだ。赤や黄色やピンクの色合いは鮮やかでとてもかわいらしい。

今までも駿くんにはたくさんのプレゼントをもらってきた。

くまのぬいぐるみ。綺麗なヘアアクセサリー。お洋服にサンダル。時にはバッグも。

高校生になると、腕時計やブレスレット、ペンダントなど身に着けるものが増えて、そして今夜指輪をもらった。

「駿くん、ありがとう。すごく素敵なお部屋」

「結愛はお屋敷のほうがお気に入りだろうけどね、今夜ぐらいはいいだろう？」

「お屋敷も……あの家も大好き」

駿くんが建てた家。そして私の希望が詰まった家。

駿くんは私から花束を取ると元の場所に戻す。

そのまま、かき抱くように強く力を込めてきた。

この間まで、ぴくりと震(ふる)えたり戸惑ったり、どうしていいかわからなかった彼の抱擁(ほうよう)。

でも今は、私も同じだけの力を込めて、駿くんの背中に腕をまわす。

「結愛、結愛」

耳元に入り込む声音(こわね)が、痺(しび)れをともなって体を巡る。

幼い頃から何度も駿くんに呼ばれてきた名前。

優しく穏やかなその声で呼ばれるのが好きだった。

でも今は、そこに穏やかさなど微塵(みじん)もない。

あるのは狂おしく求められる熱情。

「駿くん、駿くん」

「もう逃がさない」

「逃げないよ」

「怖がってもやめられない」

「やめなくていいよ」

「キス、していいか？」

「キスして、駿くん」

頬(ほお)や髪や額に何度となく落ちてきたキス。

けれど決して唇には触れてこなかった。

駿くんの手が頬(ほお)に触れた。それはいつのまにか覚えさせられたキスの合図。

互いに顔を傾けて、目を伏(ふ)せる。

唇が一瞬だけ触れた。

表面だけ触れては離れ、そしてまた触れる。繰り返すごとに触れる時間が長くなる。

やわらかな唇は、私の緊張が解(と)けるまで続いた。駿くんの舌がぺろりと私の唇を舐(な)めた時、私は素直に口を開けた。

抱きしめる腕にさらに力が込められる。私もしがみつくようにして駿くんに体重をかける。

私の口の中に入った駿くんの舌は、優しくゆっくりと口内を探(さぐ)った。決して舌を絡(から)めようとはせず、ただ舌先を触れ合わせる程度で奥に入ってこない。

「結愛、鼻で息をして」

「ん」

駿くんに言われてやっと呼吸を思い出す。

苦しいと思っていたキスは鼻で息をし出すと途端(とたん)に楽になった。

私のゆるみをすかさず見抜いて、口づけは少しずつ深まった。

無味なはずの唾液(だえき)が甘く感じる。駿くんの味、感触、私はそれをこれから覚えていく。

過去に一度だけ経験した大人のキス。私の体はその時の感覚を思い出したかのように、奥に熱がこもっていく。

「……好き、駿くん」

気持ちが溢れてとまらなくなって、私は口にした。

「結愛、僕も好きだ」

「駿くん……私に教えて。私の初めては全部駿くんがもらって……」

「結愛、僕が全部教えてあげる。結愛が知らないことも、知りたいことも僕が全部教える。口を開けて、結愛」

私は駿くんに言われた通りに口を開けた。ふたたび駿くんの舌が入り込んでくる。最初の穏やかさが嘘のような激しさに私は必死についていった。絡み合う舌が熱い。溢れてくる唾液を呑み込むタイミングが掴めなくて、唇の周囲が濡れてくる。

「んっ、んんっ」

苦しくてもれた声は鼻にかかっていて、自分の声だと思えなかった。

その間にも駿くんの手は私の腰を撫でたかと思えば、脇の下まで上がってくる。そうして胸に触れてきた。大きな掌が私のやわらかい場所を探っていく。

誰にも触らせたことのない場所、見られたことのない場所、私は今夜それらをすべて駿くんにさらすのだ。

ワンピース越しの胸への刺激はゆるやかで優しい。

反して、キスは激しくて深い。

駿くんが与えてくれる刺激を受け止めているうちに、強張っていた体がほぐれていく。

リラックスしていたせいか、駿くんがワンピースのファスナーを下ろしたことに気付かなかった。

ふわっと体への締め付けがなくなって、私は驚いて駿くんから離れる。

その途端、いとも簡単にワンピースは足元に落ちた。

ここはまだリビングルームで、部屋中の明かりが灯されている。

私は咄嗟にうしろに下がってソファに座った。反動でヒールの靴が脱げる。腕で体を覆ったけれどどこを隠していいかわからない。

下着はワンピースに合わせて選んだ。ガーターベルトも初めて着けた。いやらしくはないと思うけれど大人っぽい。

駿くんは床に落ちたワンピースを腕に取って、一人がけのソファの背にかける。

「大人になった……結愛を見たい」

「駿くん」

「シャワーを浴びて、部屋も暗くして……結愛は初めてだろうから、きちんと手順を踏むつもりだった。でも僕は……ありのままの結愛を今、目に焼き付けたい。見せて、結愛」

駿くんはジャケットを脱いでいなければ、ネクタイも緩めていない。

わずかな距離を保ったまま駿くんが腕を差し出す。

私は腕で体を覆ったまま駿くんを見上げた。

お手入れは欠かさなかったけれどスタイルは駿くん好みかどうかわからない。胸だってどちらかといえば控えめだ。

震えそうになる足になんとか力を入れて、駿くんの手を取る。

駿くんに下着姿をさらすことも、肌を見せることも不安で怖いけれど、今夜はもっと、自分さえ知らない姿をきっと駿くんに暴かれる。

それでも、逃げないと決めたのだ。

「綺麗だ、結愛」

どんな目で私を見ているか知りたい気もしたけれど、目を合わせることはできなかった。

うつむいた視界に入る彼の足がゆっくり近付く。

「このまま脱がせたい……」

かすれた声が耳元で聞こえると同時に、裸の肩に彼の手が触れる。

そのまま首筋にキスされた。

初めてだから、できればシャワーを浴びたい。それにこんな場所にも明るさにも戸惑う。

キスは首筋から耳のうしろにまわって、こめかみにもされた。ふたたび唇を塞がれて、さっきと同じように舌が入り込む。わざと音をたてるようなキスをされて、思考があやふやになっていく。

口の端からこぼれた唾液をおいかけて、駿くんが私の顎を舐める。それから舌は鎖骨を通りすぎ、ささやかな胸の谷間に辿りついた。

「駿、くんっ」

ブラのホックがはずされて、駿くんの目の前に胸がさらされた瞬間、私は声を上げた。

腰から力が抜けて、立っていられなくなる。すかさず駿くんは私をソファに押し倒した。

ブラが抜き取られ、思わず隠そうとした腕を取られて頭上にまとめられた。

幅の広い大きなソファは、私たちが横になっても余裕がある。

片手で私の両手を固定して、駿くんは私をじっと見下ろす。私の心臓はどくどく音をたてていて、呼吸をするたびに胸が上下する。

明かりの下でありのままの姿を、駿くんに見られている。

恥ずかしくて怖いけれど、このまま流されてしまいたいとも思う。

私の体のラインを確かめるように、駿くんの掌が肌をすべっていく。肘から脇の下へ、そこから腰骨をとおって太腿へ。ふたたび上がって、私の胸を包み込む。そうして胸の形や、やわらかさを指で確かめる。

私はそのたびにびくびく体を震わせていた。

見られて触れられて、体の中心に急速に熱が集まっていく。

初めて呑んだアルコールが今頃まわってきているのか、それとも止まらない駿くんの動きに酔わされているのか。

緊張と羞恥と期待と、小さな恐怖とが混ざり合って、私をぐるぐるな渦の中に落とし込んでいく。

「駿……く、ん」

シャワー浴びたい、部屋を暗くしてほしい、せめてベッドに連れて行って。

そう心で訴えていても、口にはできない。むしろそんな羞恥心をかき消すほどに、強引に抱いてほしい。涙目で見上げた私の奥底の欲望に、駿くんは気付いているような気がした。

「結愛、僕がどういう目でずっと君を見ていたか知っていた？」

首を小さく横に振った。

「君を暴くのは僕だ。君は僕のものだ。女としての君を知るのは僕だけだ」

強い口調と、熱のこもった眼差しが、私の体を縛り付ける。

「だから、すべてを僕にさらけ出して」

駿くんは私を抱き上げると、淡い明かりの灯った寝室へ運んでくれた。

下着やガーターベルトやストッキングを、ゆっくりと脱がされても、私は一切抵抗しない。

「ごめん、理性がもたなくて」

謝罪の言葉でさえ、甘美に耳に響いた。


駿くんはジャケットを脱いでネクタイを緩めると、私にキスをしながらシャツを脱いだ。

入り込んできた舌に応えたくて、私も必死に自分から絡めた。蠢く舌は、口内の唾液をどんどん溢れさせて、私は必死にそれを呑み込む。

駿くんの大きな手が私の胸を包み込む。下からもみ上げたり、揺すったりされる。

激しいキスと胸への愛撫で、かすかにあったはずの私の理性の糸もぷつんと切れた。

「はっ……んんっ」

「結愛、やわらかい。肌もすごく綺麗だ」

「そんなこと、ないっ」

「ずっとこうして触れたかった。ずっと見たかった」

強弱をつけて胸をもみながらも一番敏感な部分には触れない。首筋や耳元に舌が這い、熱い唾液をぬりつけていく。

「駿、くんっ、汚いよ」

シャワーを浴びていないのだ。緊張もしていたから汗もかいているはず。綺麗じゃない肌を駿くんに舐められて、いやいやと首を左右に振った。

「汚くなんかない。そのままの結愛を感じたいんだ」

そう言うと駿くんは、胸の先を食んだ。駿くんの舌に転がすように舐められて、胸の先がどんどん尖っていく。そこから痺れが広がって、私は背中をのけぞらせた。

「やっ……あんっ」

「結愛、だめ、とか嫌って言ったらやめる。結愛、これは嫌？」

舌でゆるりと舐めまわしたあと、舌先がくすぐるように小さく上下に動く。初めて訪れる感覚なので、気持ちいいのかどうかさえわからない。ただ体がぴくぴく跳ねて、息が荒くなる。

「結愛、嫌？」

「あっ、んんっ……嫌じゃないっ」

そう答えると、駿くんはもう片方の胸にうつった。そして唾液に濡れた部分を今度は指先でこすり合わせる。

「はっ、あんんっ……んんっ」

舌と指とで攻められて、息を吐くことでなんとか殺していた声を上げることになった。

初めて聞く、自分のいやらしい声。こんな強請るような声が出るとは思わずに、私は片手で口を覆う。

しかし、すぐさまその手が掴まれた。

「声は殺すな、結愛」

「だって、だって……変な声が出ちゃう」

「変じゃない。かわいいよ、とても。結愛のかわいい声を聞くのも僕だけだ。だから聞かせて」

駿くんの舌はふたたび私の胸の先をいたぶってくる。舌先でつつかれたり、ねっとり嬲られたりするだけで、私は喘ぎ声をもらした。

全身が熱い。

駿くんの舌がそこかしこを舐めるたびに、手が肌をなぞるたびに、得も言われぬ快感が生み出されていく。

手を伸ばしてしがみつきたいのに、駿くんの裸に触れるのは恐れ多い気がして、私は必死にシーツを掴んでいた。

胸をいたぶっていた舌は、ゆっくりと下がっていく。そうしておへその周辺をくるりと舐めまわした。そんな部分にさえ感じてしまう自分がはしたなく思える。

「ひゃんんっ」

「ああ、いい声だ」

駿くんの声こそ、低く艶めいていて色っぽい。聞いたこともない彼の声音が腰に響いてきた。

　そのまま、駿くんは私の足首を掴むと、足の甲にまで舌を這わせた。

「やっ、嫌っ、駿くんっ」

「嫌か？　結愛。僕にされて嫌なことがある？」

　シャワーを浴びていない足なんてどう考えても汚い。でも、駿くんに嫌かなんて聞き方されたら、私の答えは決まっている。

「ない！　嫌じゃないよぉ、でもっ」

「言っただろう。僕はありのままの結愛を味わいたいんだ。嫌じゃないなら素直に受け取って。君はただ、感じればいい」

　くるぶしからふくらはぎを舐められた。そして膝小僧まで、唾液で濡らしていく。駿くんは私の足をゆっくりと舌で味わいながら、そこを開いていった。

　一番見られたくない場所を暴かれる羞恥に、抵抗したくなる。

　でも足を動かして駿くんにぶつけたりしたくない。

　知らず涙が浮かんできて、小さく唇を噛んだ。

「結愛、怖いか？」

　ふわりとキスが落ちてくる。そっと目を開けると不安げに私を見下ろす駿くんがいた。

　不安そうに見ながらも、どこか必死に耐えている様子に、胸がきゅんとなる。

「……怖くないっ、恥ずかしいだけ」

「ああ、羞恥に耐える結愛の顔は……愛しくてたまらない」

そうして駿くんは、私の太腿の内側に指を這わせて、すっとその部分に触れた。

「ひゃっ、あんっ」

「結愛、僕を見て。目を開けて」

駿くんの指がゆっくりと、中に入ってくる。私は命じられるまま目を開けた。駿くんは私の表情の変化を見逃すまいとしているかのように、じっと見つめたまま、私の中を探っていく。

「結愛、痛くない？」

「……痛くない、んんっ」

「ああ、奥は濡れているな。もう少し濡れたほうがいい」

駿くんの指は私の中から溢れた蜜をまとって、周囲を探り始めた。大きさや感触、形を確かめるような動き。そうして外側を濡らしつくしたあと、すっと上部をかすった。

「やあっ、ひゃっ」

「やっぱりまだ小さいな……」

「なにっ？　やっ、駿くんそこ、ああんっ」

中から溢れた蜜を塗りたくるように、声が上がってしまう場所を駿くんが優しく触れてくる。そのたびに体がどんどん痺れて、その部分がひんやりしてきた。

「やっ、駿くん、怖いっ」

「大丈夫だ、結愛、気持ちよくなるだけだから。ああ、ほら顔を出してきた」

「やっ、あんっ……んんっ」

「結愛、そのまま素直に感じて……気持ちのいい表情、僕に見せて」

ドロドロに体が溶けていく感覚。駿くんの指がくるくる動くようになると、その部分から気持ちのいいものが這い上がってくる。そのうちに大きく上下に動き始めた指が、ふたたび私の中に入った。

最初は浅く探るような動きだったのに、だんだんと深まり、激しくなるごとに水音が増す。それでも痛みなどない。むしろ体の奥からなにかがこぼれていく感覚があって、冷たいものが太腿の内側を濡らしていった。

「熱くてトロトロになってきた。結愛、痛くない？」

「痛くないっ」

「気持ちいい？」

「気持ち、いいよぉ」

口にした途端、体が素直に快楽を認める。これが気持ちいいということなんだと、感じるということなんだと気付いた瞬間、急激に高みに引き上げられた。

「ああっ、ああん……んんっ」

甘い声が響き渡ると同時に、駿くんが私の中に指を入れたまま動きをとめた。

目じりから涙がこぼれ、全身から力が抜けていく。体がふわふわ宙に浮いていて、気持ちよくて、むずがゆくて、内側から溶かされていくよう。

「イけたね、結愛。いい子だ」

「駿くん……」

「もう少し気持ちよくさせてあげたいけど、僕が限界だ……結愛、入れていい？」

駿くんが私の頭を撫でながら、アップにしていた髪をほどく。巻いた毛先がふわりと肩にかかった。

駿くんがほんの少し離れて、ふたたび私に覆いかぶさる。

目と目を合わせて、見つめ合う。

「結愛、僕のものだ」

私は、ようやく自ら腕を伸ばして、駿くんに抱き付いた。初めて触れる男の人の肌は滑らかで、思ったよりもやわらかくて、そしてとても熱かった。

「うん、私は駿くんのもの」

そう、私はやっと駿くんのものになれる。

彼の腕の中で女になれる。

「駿くん、入れて」

ようやく繋がり合える。

一番秘めた場所で、大切な場所で、私たちは男と女として繋がる。

入れられた瞬間に、痛みはあった。

それに全部入ったかと思ったのに、まだ途中だよと言われた時は泣きたくなった。

駿くんは強引には進めずに、私にキスをしたり胸に触ったりして、緊張と恐怖をやわらげてくれて。

　だから繋がった時は、痛かったけど嬉しくて、そしてほっとした。

「結愛……大丈夫か？」

「ん、大丈夫」

　かすかな痛みが駿くんと繋がっていることを教える。目を開けると、眉間にしわを寄せて私を見下ろす駿くんがいた。彼のこめかみからは、雨のようにぽつりと汗が落ちてくる。

　初めて見る男の表情に私はきゅんとする。

「っ、結愛！」

「駿くん？　苦しいの？」

「苦しいな……久しぶりすぎてもたない。痛いだろうけど動いていいか？」

　繋がって終わりじゃないのだと気付いて、私は慌てて頷いた。

　耐えている駿くんは壮絶に色気がある。しばらく見つめていたいけれど、我慢させたいわけじゃない。

「いいよ、動いて……駿くんの自由にして」

「結愛……暴走しないように我慢しているのに煽るな」

　煽ってなんかないよ、と口にするより早く、駿くんが呻いて腰を動かした。最初はゆっくりだったのに、滑りがよくなると動きが激しくなる。私も痛かったのはわずかで、奥に奥に突かれるごとに、知らなかった感覚が目覚めていった。

「駿くん、駿くんキスして」

初めての感覚が怖くて、私はキスを求めた。駿くんは腰をうちつけながらも、私の望みを叶えてくれる。絡み合う舌は互いの唾液を溢れさせ、繋がった場所からも湿った水音が生じ始める。

わずかにかかる駿くんの体の重みが愛しくてたまらなかった。

「結愛……好きだ」

私の中で爆ぜる直前、駿くんが告げた言葉によって私もまた高みに引き上げられた。

「私も大好き」

私たちはこれまでを埋めるように、何度も何度も気持ちを伝え合った。


「おはよう、結愛」

「――!!」

目を開けると、すぐ近くに駿くんの顔があって、思わず叫びそうになる。がばっと体を起こすと、駿くんが目を細めて私を見ていた。

そうだ、昨夜私はやっと駿くんと……と思い出して、顔から火が出るほど恥ずかしくなる。結局あのあと、なんとかシャワーを浴びて、そして私はそのまま寝てしまったようだ……

「よく寝ていたね」

「あ、うん……」

「体は、大丈夫？」

「あ、うん」

「チェックアウトは明日の午前中だ。今日は僕と、ずっとここで二人きりだよ」

駿くんはそう言うと、私をふたたびベッドに横たえた。

ホテルに備(そな)え付けられていたのは、肌触りのいい前ボタンのパジャマ。浴衣(ゆかた)とかバスローブもあったけれど、私はそれを身に着けていた。ちなみに下着は着ていない。

ホテルの部屋に荷物は届いているということだったけれど、それさえ確認する余裕がなくて、私は眠りについてしまった。私のあとにシャワーを浴びに行った駿くんを待つこともなく。

「結愛の寝顔、初めて見た。かわいかったな。でも、できればもう少し起きていてくれたら嬉しかったんだけど」

「ご、ごめんなさい」

でも、駿くん、私は二十歳になって、初めてアルコールを口にして、そのうえあんな経験をして、いっぱいいっぱいだったんだよ、と心の中だけで訴えてみる。

「痛みはない？」

「あ、うん。多分」

「そう、見せて」

「あ、うん。え……えーっ!!」

駿くんがにっこり笑う。

こんなふうに駿くんが綺麗(きれい)に笑う時は気を付けたほうがいいような気がする。でも、ずっと真顔になって、頬を包まれると、素直に従ってしまう。

目を伏せる駿くんは、それだけで壮絶に色っぽい。

寝室のカーテンは開けられたのか、それとも開けっ放しだったのか。部屋はやわらかな光に満たされていた。

額に、こめかみに、頬に押し付けられた唇は、今度は避けることなく私の唇に届く。私は最初から口を半開きにして彼の舌を待っていた。

昨夜だけですっかり駿くんのキスに慣らされた。

舌はするりと入り込んできて、咄嗟に逃げたのにやっぱりつかまってしまう。

「ふっ、はあっ……」

きゅと舌の奥を絡めたかと思えば、ねっとり舐められる。送り込まれる唾液を呑んで、大きく口を開けると角度を変えてふたたび入ってきた。

キスが気持ちいい。

それだけで、微睡んでいたはずの体が、覚えたての快感を求めて目覚めていく。

駿くんはいつのまにか、パジャマのボタンをはずしていて、肩や腕を撫でさすりながら、胸に触れてきた。

優しくもまれたのは一瞬で、すぐさま敏感な部分を指先で弾かれる。するとそこは勝手に尖っていく。尖れば尖るほど敏感になっていくようで、私は自分の体が変化しつつあるのを感じた。

激しいキスと胸への愛撫だけで、奥底に眠っていた塊が溶けて、甘い蜜となって出口を求める。

「やあっ、あっ……駿くんっ」

唇を離れたキスは胸の頂に向かって、唾液をたらされる。

「嫌？　結愛」

「ちがっ……あんっ、嫌じゃ、ない！」

嫌と言えばやめると言われていたことを思い出して、反射的に出てしまった言葉を否定する。

駿くんは胸の頂を舌全体でゆるりと舐めまわしたあと、舌先で上下にこすった。私は高い声を上げる。昨夜もたくさん喘いで、喉が痛い気がするのに声が抑えられない。

「はっ、あんっ、やああっ」

「嫌？」

「嫌じゃないよぉ」

「じゃあ、気持ちいい？」

言って、駿くんはふっと息を吹きかける。涼しかった吐息のあとで、熱い舌が胸の先を包んで、そしてちゅっと吸われた。

「ああ、本当だ。気持ちいいって、ちゃんとここも言っている」

そう言うと駿くんの手が、するりと内股に入り込んでかすかに上下にこすった。ぬかるんだ感触は自分でもわかる。駿くんは私に痛みがないか気にしながら、浅くゆるく指先を動かしていた。そのたびに蜜の音が響き出す。自分が生み出すいやらしい音に、口からも喘ぎがもれていく。

「はあっ……ああっ、んんっ」

「痛くない？」

「大、丈夫」

駿くんが指を抜くと、中からこぽっとなにかがこぼれた気がした。そのまま膝に手を添えられて、足を開かれそうになる。

「やっ、だめっ、駿くん！」

「だめ？　結愛」

やっぱり咄嗟に拒否の言葉が出てしまう。

だめでもないし、やめてほしいわけでもない。ただ恥ずかしいだけ。

そんな場所を駿くんに見られるのは、嫌だって思ってしまう。だってきっとそこは綺麗じゃなくて、みっともなくて、そしてすごくいやらしくなっているから。

「結愛がどれだけ感じているか見たい、いい？」

私は両手で顔を覆って、そして頷くことしかできなかった。

すると予想もしない感触が私の中心に伝わる。反射的に足に力を入れかけたけど、駿くんがぐいっと手で押さえるのに気付いて抵抗をやめた。

駿くんに舐められている。

そんな部分を舐められている事実だけでいっぱいなのに、いやらしい感覚が尾骶骨から伝わってくる。そうして探るように動いていた舌は、優しく周囲を舐めまわす。時に中に舌先を伸ばし、ふたたび外側に戻る。空洞の上の小さな部分をささやかに舐められた時、私は一際高い声を上げた。

「ひゃっ、あんっ」

優しく舐めまわされては、舌先でつつかれる。自分では知らなかった女の気持ちいい部分を暴かれて私は激しく体を震わせた。さらに指が中に入れられ、同時に嬲られる。

内側と外側とに異なる刺激を与えられて、私は声を上げて震えることしかできなかった。伸ばした手にやわらかな駿くんの髪が触れる。

「やっ……あんっ」

「いい声だ、結愛」

「はあっ……ああっ、あんんっ」

「ほら、小さかったのに、だんだん大きくなってきた。ああ、中も口を開き出したね」

いやらしいのはそんなことを口にする駿くんなのか、そんなところを見せている私なのか。

「すごく濡れて、僕の指を締め付けてくる。結愛の気持ちいい場所教えて」

「やあっ、駿くんっ!!」

「ここ?」

私が叫ぶと、駿くんが指を押し付けてきた。それから激しく動かし始める。

私は、急激に与えられたその刺激に翻弄され、嬌声を上げた。

「駿、くん、駿くんっ！　駿くん!!」

怖いと思う暇などなく飛ばされて、私は駿くんの名前を呼ぶ。

「はっ、結愛……僕の名前を呼びながらイった？」

「あっ……あ……」

圧倒的な快感に勝手に涙が浮かんでくる。駿くんがふわりとキスを落としてくれたけれど、それさえも刺激になった。

「僕の名前を呼びながらイくなんて……君はやっぱり性質が悪いな。優しくできなくなるだろう？」

私は強烈な感覚が怖くて、駿くんにしがみつく。今までは泣いていれば優しく抱きしめてくれた駿くんが、私の余韻が収まる前に一気に貫いてくる。

「やああっ……ああっ!!」

「可愛いよ、結愛……僕のお姫様」

駿くんは甘く甘くささやきながら、激しく私を突き動かす。私はただ与えられるものを受け止めることしかできなかった。

私はその日、服はもちろん下着も身に着けることなく、必要な時はバスローブだけを羽織って過ごしていた。

食事はルームサービスを頼んでいたけれど、まともに食べられていたかはわからない。

とにかくベッドで、駿くんに教えられていた。

声は素直に上げること、気持ちいい時は気持ちいいと言うこと、欲しい時はちゃんと口にすること。

「僕がどれだけ結愛を女として見ているか、実感しなさい」とか。

「もう我慢はしないから」とか。

彼の口から出てくるびっくりな言葉を受け取って、駿くんにされるがままになった。

そして翌、日曜日の今日。

家族でお誕生日を祝う日だったから、駿くんと私は矢内のマンションに来ていた。

両親と兄二人の前で、駿くんは頭を下げてくれたのだ。

「結愛を、僕のお嫁さんにください」と。

屋敷の書斎で雑談していた僕――高遠駿と颯真の横で、執事の斉藤はテーブルにアルコール類を準備すると、いそいそと部屋を出ていく。

これから屋敷のみんなと、二日遅れの結愛の誕生日パーティーをするらしい。

昼間も矢内の家でお祝いをしてもらって散々食べて帰ってきたため、軽食とお茶とわずかなアルコールのみを用意した。

それでも二十歳の誕生日をみんなが祝いたい気持ちはよくわかる。

「駿さんは散々一緒だったんですから、今夜は私たちに譲ってくださいね」と清さんに言われれば、従うしかない。

誕生日の夜、清さんには事前にホテルへ泊まる可能性があることを伝えてはいたけれど、結愛の意思をくれぐれも尊重(そんちょう)するようにと釘(くぎ)をさされていた。

泊まる旨を伝えた時「すでに荷物はフロントに預けておりますので、お部屋へ運ぶようにお伝えしておきます」と言われて、心遣いに感謝した。口では厳しいことを言っていたけれど、あの日僕たちがそうなることを清さんも応援してくれていたのかもしれない。

彼女は僕や結愛にとって、もう一人の母のようなものだから。

結愛の家族に結婚の承諾(しょうだく)を得て、誕生日を祝ったあと、僕は結愛とそして兄である颯真と一緒に屋敷に戻ってきた。

颯真は今、僕の隣で久しぶりに入る屋敷内の書斎(しょさい)をしげしげと眺(なが)めている。

この部屋は代々、高遠家の当主が書斎(しょさい)として使っていたものだ。

子どもの頃に無断で入り込んで、叱(しか)られた思い出が蘇(よみがえ)ってくるのは颯真も僕も同じだ。

耐震補強工事でこの屋敷を改装した時も、この部屋だけは昔と同じ内装にするように依頼していた。さすがに同じものはないから、壁紙も似たものを海外から取り寄せ、窓枠も色を上から重ねて綺麗(きれい)にした。調度品は破損箇所を修理して綺麗(きれい)にしてもらい、元の場所に置いてある。

違うのは新しく設置した書棚と、パソコンやその周辺機器ぐらいだろうか。

昔からある書棚の本の背表紙を眺(なが)めていた颯真は、今は使われていない暖炉(だんろ)の上にかかげられた絵の前で立ち止まった。

「駿、ここも変わらないのか?」

それは、少し大きめの絵。重厚な刺繍が施されたテーブルクロスの上の器に色とりどりの果物が鮮やかに描かれている。半分を占める黒い背景が、果物のみずみずしさを強調する。

「自分で確かめれば？」

「……いや、いい。もうおまえの部屋だしな」

絵の裏の壁に隠された扉に気付いたのはずっと昔。そこには曾祖父が大切にしていたであろう写真がひっそりと飾られていた。表には飾ることができなくても、ここに置いておきたい写真。故人の遺志を感じ、僕たちはそれを秘密のままにした。

颯真は満足したのか、ソファに腰を落ち着かせると、準備されたアルコールを適当に自分でグラスに注ぐ。斉藤は気を利かせていろいろな種類を準備してくれているのに、最初にビールを注ぐあたりが颯真らしい。

昼間も誕生会でさんざん呑んでいたように思うが、顔色も態度も変化しないところがうらやましいぐらいだ。

「仕事の話、いいか？」

「ああ、そのために来たんだしな」

「おまえが提案してきたこのセキュリティ計画ですすめてくれ。ただしカメラや器具は人の視界に入らない大きさの物で取り付け位置にも注意して。死角が一切ないように必ず確認してほしい」

「わかった。じゃあ、この計画書を元に明日この屋敷内をチェックさせてもらうよ。現実的に取り付けが難しそうな場所があればその都度相談する。それで、おまえたちの新居は？」

「出入りできる場所は今のところ限られているし、屋敷内の状況確認後に再検討かな？　あまり結愛に負担になるようなことはしたくない。一応最低限のセキュリティは入っているし」

「まあ、そうだな。安全とプライバシーどちらを優先させるか難しいところだしな」

颯真は短めの顎(あご)ひげを触りながら、資料を見つめていた。

颯真が警備会社に就職したのは、矢内家の家業に関わりたくないという理由からだ。それは颯真と弟の和真の一番の希望だった。

矢内家が経営する会社を長男として支えてきたおじさんは、親族に反対された相手と結婚したことで、能力があるにもかかわらず閑職(かんしょく)に追いやられた。それでも矢内を出なかったのは、長男としての責任と会社の今後を憂(うれ)えたことと、矢内を出た時と出なかった場合のリスクを天秤(てんびん)にかけた結果だ。

結果として、おじさんが会社に残ったことにより妻の身の安全は保障されても、精神的な負担までは避けられなかった。けれど颯真たちの母親はそれに耐えてきた。

両親に対する矢内の仕打ちを見てきた颯真たちが、離れたいと望むのは当然だった。

颯真は矢内と接点の一切ない警備会社に就職して、和真は弁護士になった。

そして今回、うちの屋敷内のセキュリティを再度見直すために颯真の所属する会社に依頼した。

颯真なら幼い頃からこの屋敷に出入りしていて、どこが弱点かも知り尽くしている。

この屋敷には常に働く人たちがいて、彼らの目こそが一番の防犯になっているが、斉藤も清さんも年齢には勝てない。

ここを守っていくためには、どうしても新たな設備の導入を進める必要があった。

僕も本来はこの屋敷に手を加えたくはない。

ここは昔から独特の世界があって、そして温かさと優しさに満ちていた。赤ん坊が安心して眠りにつける揺りかごのような、完結した箱庭のような空間。

この屋敷と住人とが紡ぎ出す空気はどこまでも優しい。

だから守りたいと願ってしまう。

なによりもこの世界を結愛が一番大切にしているから。

彼女が守りたいものを僕が守りたいと思うのは当然だった。

だからこそ、この世界を保つために信頼できる新たな人たちを、探す必要がある。

清さんのサロン開催もそのためだし、颯真を通じてセキュリティ会社にいい人材がいないか探していた。

僕はお気に入りのシングルモルトをグラスに注いだ。颯真が「俺も」と言うので、彼の分もチェイサーと一緒に準備する。

「よかったのか？　……本当に」

颯真が生ビールを呑み干して、おもむろに切り出した。

二十歳になった結愛が、僕との結婚を承諾したら結婚することは、ずっと矢内の家族には伝えてあった。そう口にするたびに、颯真がなんとも言えない表情をしていたことを僕は思い出す。

『結愛が施設に入れられる！』

そう叫んでうちに駆け込んできた颯真と和真。彼らの言葉に驚いてうちの両親が矢内の両親を呼び寄せて詳細を問うた。

『大人の話だからおまえたちは部屋から出なさい』と言われても、颯真は『俺たちにも関係がある！』と言って譲らなかった。

交通事故で一人助かった二歳の少女は、そのショックで記憶と言葉を失った。彼女が笑顔と言葉を取り戻したのは三歳を大分過ぎてから。幼稚園に通い始めると、これまでため込んでいた水を放出するかのように話し始めたのを覚えている。

彼女を引き取った頃は、結愛を支えるために、矢内の家族と僕の家族はこの屋敷で一緒に暮らしたこともあった。

手を差し伸べる人間は少しでも多いほうがいい。

当時この屋敷だけでなく、企業グループである高遠をも陰で支えていた僕の曾祖母はそう言って協力を惜しまなかった。

そうして少しずつ結愛が落ち着き、幼稚園生活にも慣れ、矢内と高遠とを行き来する生活にシフトしていった頃、事件は起こったのだ。

『結愛が精神的に落ち着いたのなら、施設に入れろ』

それが、矢内一族が下した決断だった。

大人たちが、会社や互いの家の事情などを考慮しながら話し合いを続けている中、颯真がぽつりとつぶやいた。

『駿……結愛と婚約してくれないか？　おまえはいずれ、どこかのご令嬢と婚約話が出る可能性があるって言っていただろう？　だったら結愛じゃだめか？』

　僕の耳元で小さく発した内容に驚く。そして颯真を見ると、彼の表情は真剣そのものだった。確かに颯真には愚痴ったことがある。僕が高遠家の一人息子のため、高遠の親族から、そろそろそういったことを考えたほうがいいと、両親が進言されているのだと。

　耳聡い曾祖母にも颯真の声は届いたのか、ちらりと僕たちを見ているのがわかった。

　母親が親友同士の僕と颯真たちは、生まれた時からずっと近くにいて一緒に育ってきた。

　二十歳で結婚した母、そして大学卒業と同時に結婚した矢内のおばさん。同じタイミングで妊娠、出産したこともあって二人はいつも一緒にいた。僕たちは高遠の屋敷でともに育ったと言っても過言ではない。互いの子どもが男と女だったら結婚してほしかったなどと、冗談だって言い合っていた。

　残念ながら矢内家は男二人、高遠家は僕一人しか子どもはできなくて、夢物語で終わるはずだった。

　けれど矢内家に結愛がきた。

　僕と婚約すれば……結愛の立場は守られる。高遠家で守る大義名分もできる。

　年の離れた小さな女の子は、僕たちの大切なお姫様だった。

　しかし、庇護の必要な五歳の女の子を、婚約という形で守ることが果たして本当に彼女のためになるのか？

『駿』

静かな声で曾祖母が僕の名前を呼ぶ。答えを待つその声は、僕に覚悟を促す。

曾祖母は僕に、中学卒業と同時に留学し、将来高遠家を継いで結愛を守るために猛勉強しろと命じた。

結愛との婚約は、僕の未来の道を確定することに繫がった。

お姫様になりたいと、夢を語るまだ五歳の女の子に『王子様は僕でいいか？』と曖昧な問いかけをしたのみで、うちうちの婚約はなされた。


颯真は、僕の人生を決定付けた自分の発言をわずかに後悔していた。

けれどあの当時、矢内の一族を納得させる方法はそれしかなかった。高遠家の絶対的権力を有していた曾祖母が味方に付いた上での婚約は、矢内家にも高遠家にも有効だったのだ。

僕は曾祖母からつきつけられた最後の条件を思い出す。

「颯真、僕はあの時から結愛との婚約を後悔したことは一度もない。確かに最初は、彼女の立場を守るためだけのものだった。成長して婚約の意味がわかるようになって、例えば結愛が他の男を選ぶまでの隠れ蓑の役割でも構わなかった」

五歳と十五歳の婚約なんて、誰だって形だけだと思う。

僕たちが婚約したあと、矢内のおじさんは、婚約などにすがらずとも結愛の立場を確固たるものにするために、力を取り戻していくと告げた。颯真や和真も、矢内の力の及ばない人脈づくりや仕事を選ぶための方法を模索し始めた。

婚約は結愛を守るためのものであって、彼女の人生を僕に縛り付けるためのものじゃない。

『結愛が婚約解消を望んだ時は素直に応じること』、それが曾祖母の最後の条件だったのだから。

「結愛が婚約解消を望めば、そうしたか？」

曾祖母の言葉と、颯真の言葉が重なって、過去と現在が混ざり合う。

遠くから常に結愛を見守っていた彼女の眼差しの本当の意味に気付いたのはいつだったか。

曾祖母は二年前に大往生するまで、結愛の意思を尊重しなければならないと、しきりに僕に言い聞かせた。

「そうだ。二十歳になる前日にでもそう言われれば、僕は解消した。でも結愛は一切そんなこと望まなかった」

そんなことを言わせないよう、画策してきたことはこいつには教えない。

颯真は、なにかをふっきるようにしてグラスを呷る。琥珀色の中身を一気に空にすると、乱暴に口を拭った。

「おまえは、結愛を女として愛しているから結婚するんだよな」

鋭い目をますます細めて、颯真が吐き出す。

「当然だろう？」

「……わかんねーよ、俺には。おまえが結愛を大事にしているのも、守ろうとしてくれているのもわかる。でも十歳も年が離れた妹みたいな存在を……おまえは本当に女として見られるのか？」

空になったグラスに差し込む明かりが、颯真の無骨な指を照らす。左手の薬指にはめられた指輪が反射して光る。数年前に結婚した男から見れば、僕の結愛への態度は熱があるようには見えないのか。

純粋に慕ってくる十歳も下の女の子。

僕への思慕や憧れがいつか消えてしまうんじゃないかと怯えながらも、消えないように常に彼女を大切にかわいがってきた。

高校生になった途端……いや、自分が養女だと知ってから彼女は急激に変化した。

無意識に女を匂わせるようになった彼女を、強引に組み敷きたいと思ったことだってある。

海外での勤務を受け入れたのは、日本に戻ってそばにいれば、確実に彼女を傷付けるだろうことがわかっていたからだ。

そして一度でも触れれば、きっと我慢などできない。

「おまえにはわからないよ。おまえにとって結愛が妹でも、僕にとっては違う。あの瞬間、妹以外の目で見るように促したのはおまえだろう？　僕がこの十五年、どんな気持ちで結愛を見守ってきたか。その葛藤がおまえにわかるはずがない」

そう、わかるわけがない。

結局僕は、日本に戻ることが決まった途端、二十歳の約束目前に何度も暴走しかけたのだから。

「結愛の自由と選択を守るために僕がどれだけ耐えたと思っているんだ。これから存分に僕の愛を見せつけてやるから覚悟すればいいよ、お、に、い、さ、ま」

「……そっか、すまん。なら、いいんだ。けど、おにいさまはよせ。背筋が凍る」

僕は舌を湿らせる程度に酒を口にする。辛みとも痺れとも言いづらい刺激は、その後甘く舌先に残る。

颯真は知らない。

結愛が抱えているものも、僕が抱えているものも、この婚約がどんな意味を持っているのかも。

でも、それでいい。

僕が結愛を溺愛していく姿を、遠慮なく見せつけられる相手になってくれれば。

自分がきっかけで婚約した二人が結婚して、ともに生きていく姿を見届けてくれれば。

颯真の目には、幼い頃からの約束を叶えた王子様とお姫様の物語のようにうつっていればいいのだから。

◆　◆　◆

私はずっと駿くんが好きだった。それは恋心を抱くより前から当然あった感情。

十六歳のあの夏に、初めて唇を重ねた瞬間、その「好き」が私の中で変化した。颯真くんと和真くんという兄と、駿くんとは違う存在とわかっていても、その境界はずっと曖昧だった。でもあのキスで初めて線が引かれて、私にとって駿くんが特別な存在だと認識させられたのだ。

王子様みたいな駿くん。

高遠家の御曹司で、さらさらの髪をしていて、低いというより甘い声の持ち主。海外生活が長いため、レディファーストが自然に身に着いていて、気持ちをきちんと口にする。

そんな駿くんにふさわしくなりたいと私なりに努力してきた。一緒にいたくて大学進学はせずに高遠家で働くことにしたのだ。

私は駿くんの隣に立ちたくて必死だったけれど、彼は十歳も年上だし、私の一方的な想いだと思っていた。ある時期までは、本当にその通りだっただろう。

でも、今は違う。

駿くんは、躊躇することなく私に触れてくるようになった。

「んんっ、駿っ、くん！」

「なに？　結愛」

背後から抱きしめてきた駿くんは、私の首から髪をよけると首筋に唇を押し当てた。耳のうしろに息を吹きかけ、そうして舌で舐める。その間もカットソーをたくし上げて、ブラをずらし胸をあらわにする。太腿の外側を撫でまわしていた手は、すぐに内側に入ってきて下着の上から敏感なところをなぞってきた。

「ただいま」と言って駿くんが帰ってきたのは、ついさっきのこと。私は彼からビジネスバッグを受け取って、書斎に向かった。

預かったスーツの上着をハンガーにかけていた時に、私はうしろから駿くんに抱きつかれて今に至るのだ。

なんとか上着はポールにかけたけれど、クローゼット横の内扉を開けた駿くんにそのまま寝室に連れていかれた。

駿くんの書斎と寝室は、内扉で繋がっている。だからこうしてすぐにベッドのある部屋に行けて便利なのだけれど。

「夕食、はっ？」

「まず結愛を食べてから」

「ええっ」

「こんな時間に帰ってこられるのは久しぶりなんだ。まずはじっくり結愛を味わいたい」

二十歳の誕生日に一線を越えてから、これまであった微妙な距離感が嘘のようにゼロになった。

駿くんは海外勤務が長かったので、今は日本の業務のやり方に慣れるためもあって役職にはついていない。

それでも仕事は忙しい。

彼は会社で高遠家の御曹司という立場を隠してはいないので、仕事内容は多岐にわたる。

土日に休みを確保するためには平日の仕事を調整するしかなく、どうしても毎晩の帰りは遅くなりがちだった。

今夜は久しぶりに家で夕食を食べられるということだったから、はりきって準備した。

外食続きだと、お野菜が不足するから、いろんな野菜がたくさん食べられるように、と。蒸ししゃぶ風にしたり、ひじきや切り干し大根を使ったり、サラダやお吸い物にもたくさん野菜を使った夕食がダイニングで待っている。

「駿くんっ、私今夜は頑張って作ったんだけど」

「うん、ありがとう。でも今は食事より結愛に飢(う)えている。やっと触れられるようになったんだ。僕のものだって実感させて」

駿くんは、私の上体だけをベッドにうつぶせにすると、下着を下ろしていきなり私の中に入ってきた。腰に手を添え、奥深くに到達してくる。

「はっ、あっ」

キスもしていない。指で触られてもいない。互いに服も脱いでいない。でも私のそこはすんなり駿くんを呑み込んで、彼が出し入れするごとに、ぬめりを帯(お)びていく。同時に卑猥(ひわい)な蜜の音が響き出す。

「結愛の体……準備万端みたいだ」

「あっ、んんっ、うンっ」

ゆっくりとセックスをするのは週末の夜に限られる。平日は、朝のわずかな時間とか、私が起きている間に駿くんが帰ってきた時に、短時間だけ繋(つな)がっている。

「結愛、シャワー浴びた？」

首筋にキスを落としながら、私の匂いを吸い込むように鼻を押し付けてきた。

「僕に抱かれるって期待していた？」

駿くんの言葉に、否定も肯定もできなかった。

だって、確かにいつ駿くんに抱かれてもいいように、綺麗（きれい）にしておきたいと思っている。今日だって食事を作ったあと、軽くシャワーを浴びた。

「結愛だって、僕に抱かれたかったんだろう？　ほら、どんどん濡れてくる。結愛、答えて」

中途半端に下ろされた下着が膝（ひざ）の部分を拘束（こうそく）している。足を閉じたまま背後から受け入れると、いつもとはあたる場所が違っていて、背中がざわめいた。ゆるやかに出し入れする動きが、私の体を少しずつ開いていく。

「僕に、抱かれたかった？」

「う、んっ」

「きちんと答えて」

「抱かれ、たかった、あんっ」

私は慣れない刺激を受け止めながら、質問に答える。

最初の頃は、駿くんと触れ合う時には恥（は）ずかしさと怖さが同居していた。けれど一線を越えてからは緊張しなくなった。

自分の体が急激に駿くんによってつくりかえられていく。

駿くんは私のスカートをまくり上げて、下半身をあらわにする。下着も靴下もスカートも体にはまとわりついているけど、そこだけがさらされる。ブラのホックをはずして、カットソーをさらに上げると浮いたブラの隙間（すきま）から手が差し込まれた。

「僕も抱きたかった。家に帰れば結愛がいる。そのうえ僕は今までのように我慢する必要もない」

駿くんの手が慣れた手つきで胸をもむ。腰の動きに合わせて揺れるのを楽しみながら、胸全体を包んだり、優しく握ったりする。

『我慢していた』

それは、抱かれるたびに、不意に駿くんがもらすセリフ。

他にも、髪に触れれば指をうずめてキスをしたくなるから、頭を撫(な)でるだけで抑えた、とか。

僕からは手を伸ばせなくても『おいで』と言えば君から飛び込んでくれるからつい口にしていた、とか。

私への気持ちを口にされるたびに心が震(ふる)えた。

だから私は、駿くんに我慢させたくない。

「我慢……しなくて、いいよっ」

「そんなこと言うと、滅茶苦茶(めちゃくちゃ)にするよ」

「滅茶苦茶(めちゃくちゃ)にして！　駿くんになら、なにをされてもっ、いいっ」

叫んだ途端(とたん)、尖(とが)った胸の先が、駿くんの指の間に綺麗(きれい)にはさまれた。

「ひゃっ、ああんっ」

「君は、本当に、性質(たち)が悪いな……」

駿くんの指が、尖(とが)った部分をさらに硬くするかのように小刻みに動く。運ばれる刺激がそこから全身に広がって肌を粟立(あわだ)たせた。

「あっ、あ……っ!!」

「気持ちいい？　結愛。今ぎゅっと締まった」

「ん、うんっ、い、い。気持ちいい」

私が素直に答えると、ご褒美みたいにその部分をつまんだり、こすり合わせたりしてくれる。

私は立っていられなくて膝をおった。

駿くんはそれでも私の体をはなさずに、腰を打ち付けてくる。

駿くんのものが出ていくたびに寂しいと中が蠢くのがわかる。奥に入れられるたびに、もっとひき入れようと締まっていく。繰り返すごとに水音が増して、静かなベッドルームにぶつかり合う肌の音と水音とが響く。

自分の体が発する音にさえ、羞恥ではなく興奮を覚えるようになった。

前戯などなくても、入れられればそれが引き金になって、全身に快楽が流れるようになった。

そこから起こる波に、どんどん流されて私は一気に高みに引き上げられる。

繋がっている部分を駿くんの指がなぞる。

「結愛、ドロドロに溶けている」

「やっ、言わないでっ！」

それは私の中から溢れた蜜が外にこぼれたということ。

内側で生まれた熱は、触られてもいないのに外側にまで伝わっている。敏感な部分に触れられる期待で、なにもかもを尖らせる。

胸の先も、花芯も、快楽の神経までも。

「ひゃっ、あああっ、んんっ」

駿くんが蜜を絡めた指先でやさしく花芯を撫でた。

たったそれだけでスイッチが入る。

駿くんは腰の動きをとめ、勃起した小さなそこを指で刺激してきた。円をえがくようにゆるゆると撫でたかと思えば、上下にこすり上げる。

痺れが広がって、体の奥がどうしようもなく疼いた。

私は、中に埋まった存在を確かめたくて、欲しい刺激を求めて自ら腰を揺らす。駿くんにはきっと私がいやらしくお尻を揺らす姿が見えているはずだ。

「やっ、駿くんっ、駿くんっ」

刺激が足りない。

気持ちのいい場所にあたらない。

私は駿くんに丁寧に体を開かれてきた。

数日と空けずに肌に触れ、感じる場所を探られ、短期間で躾けられた。

だから、足りない。

もっと強く奥を突いてほしい。

もっと激しく指で弾いてほしい。

「結愛……どうして、ほしいっ？」

問う彼の声も、なにかを耐えるようにかすれている。

私は彼のこんな声を、セックスをして初めて知った。

駿くんのことは誰よりも知っているつもりだった。自分が彼にとって一番近い女の子であることはことあるごとに教えられてきた。僕の隣にいるのは結愛だと言い聞かせて、遠慮などさせなかった。だから私は駿くんのことを一番知っている女の子のはずだ。

なのに、体を重ね合わせてから、知らない駿くんがたくさんあることを知った。

知らない自分がいることも知った。

私たちは本当に、ただ近くにいただけでなにも知らなかったのだと思い知らされた。

そのことがくやしくて嬉しい。

「激しくっ、してっ」

最初は口にするのが恥ずかしかった言葉も、素直に出すように何度となく言われた。だから私はなにをしてほしいのか、どうしてほしいのか言葉にする。

「もっと動いて!!　駿くんっ」

私の望みを叶えるべく、強く激しく奥を抉られた。

足りなかったものが奥底に入り込んできて、隙間を埋める。

体が満たされると同時に心も満たされる気がして、私は声を上げる。

ベッドのシーツを握りしめてしわを刻んだ。駿くんが私の体を手で支えて引き寄せる。

きゅっと切なく中心が痺れて、駿くんの小さな声が聞こえた。直後に、背後からぎゅっと抱きしめられる。

はあっ、はあっと吐き出す息のリズムが重なり、彼の体温と匂いがそっと私を包み込んだ。

「……結愛、ごめん、僕だけ気持ちよくなった」

「私も、気持ちよかった、よ」

駿くんが中に入ってきた途端、眠っていた体はすぐに目覚めた。

そんなことは、隙間から溢れていく蜜で駿くんだってわかっているはずだ。

「あっ、んんっ」

彼が抜け出る刺激にさえこうして反応するほど、肌はざわついている。

駿くんは後始末を終えると、私の体を起こしてベッドに座らせた。ネクタイも緩めず、シャツも着ているくせに、ベルトとズボンだけが緩んでいる。私なんか中途半端に洋服も下着もまとわりついたままだ。

駿くんはシュッとネクタイをはずすとシャツを脱ぐ。そうして私の服も剥いでいく。

「駿くん？」

行為は終わったのだと思ったのにどんどん脱がされて、私たちは全裸になった。

後始末をした時につけたらしい天井の間接照明だけが、淡く私たちを照らす。

「今度は結愛の番。気持ちよくしてあげる」

「え？　だって夕食は？」

「もう少し結愛を食べてから」

そう言うと、私の体をベッドに押し倒しながらキスをしてくる。大きく開けられた唇が、顎や首筋を優しく食んだ。

「結愛を食べたい」

さっきも言ったセリフを駿くんはふたたび口にした。

駿くんの舌が私の口内を舐っていく。本当に私を食べて味わうみたいに、頬の裏も歯茎のうえも、歯列の裏側もまんべんなくなぞっていった。駿くんに舌を絡められて、ひき出された舌先を突き出し、互いに舐め合った。呑み込めない涎が唇の端からトロトロこぼれていく。こくんとのどをならして呑むと、駿くんもまた同じように嚥下した。激しいキスを交わしたまま、駿くんの手は私の体をなでていった。

肩から腕に触れ、そうして指を絡ませ頭上に上げる。万歳の姿勢になるとすべてをさらけ出しているようで心もとない。拘束されているわけでもないのに、私は手を動かしてはいけない気がしてそのまま固まった。

駿くんは体を起こすと、お腹のほうから脇の下まで手を這わせ両胸をその手におさめた。

マッサージをする手つきで、私の胸を同時にもみ上げる。内側から外側に、そうして上下にゆるゆる揺すられるうちに、息が上がっていく。触れられているのはふくらみだけなのにその先はどんどん尖っていく。

「はっ……あんっ、あッ」

「気持ちいい？　結愛。紅く色づいてきて随分大きくなってきた」

「あ、いいっ、いいのっ、駿くん！」

「食べさせて……結愛」

そう言うと駿くんの舌が小さく先を舐め上げた。ぴりりと刺激が走って、生ぬるいものに包まれる。味見を確認した舌が、その部分を味わうように動きを激しくした。

片方は指で、片方は舌でこすられる。腕を上げていると、余計に敏感になっているようで、だんだん喘ぎだけで声を逃がすことができなくなる。

ゆっくりと舐めたかと思えば、小刻みに動かす。唇ではさんで舐めて、そうしてちゅうっと吸いつかれる。

「ああっ、やあっ、あんっ……あああっ」

だめっ、と反射的に叫びたくなる。

胸だけじゃだめ、他のところも触ってほしい、舐めてほしい。

でも「だめ」や「嫌」を告げれば、駿くんは動きを止めてしまう。

胸の先は痛いほど尖って、肌の表面にどんどん電流を流していく。けれど内側までは及ばなくて、もどかしくてたまらない。

「駿くんっ」

「なに？　結愛」

手も舌も動きをとめずに、合間に問いが返される。

「胸だけじゃ、やだあ」

触ってほしい場所を言葉にできなくて、私はそれだけを訴える。

「どこを触ってほしいか聞きたいけど……今夜は許してあげるよ」

僕も喉が渇いたから……そう言って駿くんは私の両足を広げると、触れてほしかった場所にキスをした。

腰のうしろに枕が入れられて、曲げた膝を体に押し付けられた。そうして駿くんは私の手を膝に置かせて、自分で足を広げてごらんと指示する。

大事な部分を見せつける姿勢は恥ずかしくてたまらない。けれど、それ以上にそこに刺激を欲していた。

最初は一本だけ指を入れて、中をゆるりとかき混ぜる。まるでスープを混ぜるみたいにゆっくりと、そうして温度を確かめる。今度は中の蜜をすくい取って、同時に駿くんの舌が下から上へと舐め上げた。

それはじっくり蜜を味わう仕草で、彼の言う通り食べられている気がする。周囲のひだにも丁寧に舌を這わせ、あますことなくなぞっていく。ゆるく優しい刺激は、その一点から全身に海のように広がっていく。触れられているのはそこだけなのに、体すべてが快楽に満たされていくのだ。

「はあっ、ああっ」

反射的に出てしまうのとは違う、明らかに感じている声が、私の口からもれる。同時にトロトロとこぼれていくスープを、駿くんは優雅にすする。

「結愛、すごく溢れてきた。ここもだいぶやわらかくなったよ」

いつのまにか本数が増えて、同じ場所をゆっくりと行き来し始めた。その部分には私の弱い場所が眠っている。

「駿くん……そこっ、は、ああっ」

「大丈夫。ゆっくりするから。結愛はただ素直に感じればいい」

こうされて、泣きながら達したこともあった。羞恥を上回る快楽を最初に味わったせいで、私はどんどん貪欲になっている気がする。

激しくもない、強くもない、ただ一定のリズムでそこを撫でていくだけ。なのに勝手に体は目覚めていく。閉じていた扉がゆっくり開いて、そこから一気になにかが飛び出す手前まで、引き上げられる。

胸だけでイかされそうになった時とは違うゆるやかな動きに、全身が慄く。

「駿くんっ、ちょうだい！」

私は駿くんを食べたくて仕方がなくて、彼のものを求める。

「いいよ、あげる」

私のそこは、欲しくて、涎をたらして口を大きく開いているつもりだった。けれど、欲しかったものは、もっと大きかった。

「結愛に食べられた、ね」

余裕の言葉を吐く駿くんを睨んだ。駿くんは私の眼差しに気付いて、ふっと甘い笑みを浮かべる。

こめかみに散る汗や、濡れた前髪に男の色気を漂わせた彼に私の心はきゅっとなる。

「っ！　結愛」

私は本当にあまり駿くんを知らずにいた。

これまでどれほど彼が私に性を意識させないようにしてきたか、私が怖がらないように、甘えられるように心を砕いてきたか、改めて実感する。

私は手を伸ばして駿くんを引き寄せた。彼の肩と背中を抱きしめると、駿くんもまた私の背中に腕をまわす。

肌と肌が密着し、汗も体温も匂いも混じり合っていく。駿くんは唇を頬や鼻先や額や首筋に落としながら、ゆるゆると腰を動かして私を抉る。

「あっ、はっ、駿くんっ、もっと、激しく、してっ」

「だめだよ……これ以上動いたら、またすぐに出るっ。もう少し結愛を味わいたい」

かすれた甘い声に、私の中は勝手に蠢いて駿くんをうならせた。

こうしてずっと繋がっていたい気もするし、もっと快楽を貪っていたい気もする。

私の体はどんどん駿くんに快楽を植えつけられて、どれだけ気持ちいいか学んでいる。

「やあっ、動いてっ！」

物足りなくて切ない。このままだと火種が燻ったままでつらかった。すると駿くんは、了承の代わりのように私の唇を塞いだ。

その間もぎゅっと互いに抱き合って、激しく舌を絡める。そうして私は打ち付ける駿くんの動きに耐える。キスに応じられないほどの波がくるのに、駿くんは許さずに私の口内を激しく犯す。同時に気持ちのいい場所をきちんと抉って火種を爆発させてくれた。


ほんの少し微睡んでシャワーを浴び、かなり遅めの夕食をとることにした。

体がだるい中、頑張って配膳の準備をしていると、かかってきた電話に応対していた駿くんが書斎から戻ってくる。

なんとなく難しそうな表情をしていたけれど、ダイニングテーブルに並んだ料理を見てやわらかくほほ笑んだ。

「おいしそうだ。やっぱり結愛の手料理が一番だな」

「遅い時間にこんなにたくさん食べられる？」

「大丈夫だよ。おなかは空いているし、遅い時間でも関係ない。会食なんか、もっと遅くまで食べることもある」

「なら、よかった」

高校生の頃の私は母の手伝い程度しか料理をしたことがなかった。

たまにこのお屋敷でお菓子作りはしていたけれど、本格的にやり始めたのはこのお屋敷で働くようになってからだ。最初は料理長にもあきれられながら、みっちり教えてもらった。その時だけは、駿くんが日本に帰ってきたのが今年の春でよかったと思ったぐらい。去年戻ってきていたら、私はまともなものを彼に食べさせることはできなかっただろう。

残念ながら豚肉には火が通りすぎちゃって、ちょっと硬くなっちゃったけど。駿くんは野菜をまいて、手作りのポン酢しょうゆにつけて食べている。

「結愛、さっき父から電話があった」

「おじさんから？」

書斎から戻ってきた時の駿くんの表情は浮かない感じだった。

おじさんからの電話の内容はあまりよくなかったようだ。

駿くんのご両親は海外を転々としていて、私たちの結婚の話もインターネット電話で報告したぐらいだ。二人は喜んでくれて、日本に帰国した際には今更だけど両家で顔合わせをしましょうと言われていた。

「向こうでトラブルがあって帰国が延期になった。それは構わないんだけど……帰国した時に出席予定だったパーティーに代理で出るよう僕に頼んできた。できたら結愛にも出席してほしいそうだ。お世話になっている人のパーティーだから、礼を尽くしたいみたいだけど」

「私、も？」

「結婚を決めたのなら、少しずつ君を表に出せってさ。僕はあまり気がすすまないけどね」

「そう、だね。私、そういうパーティーとか参加したことないし、マナーとかも自信ない」

矢内もそれなりの大企業で、颯真くんや和真くんは渋々そういうものに出席していた時もあった。私は未成年だったし、あまり歓迎されていなかったから、そういう誘いは一切なかった。

高校の時の同級生はたまに親と一緒に参加していて、どんなドレスに決めたとか、こんな人たちが出席していたなど、はしゃいでいた。

華やかな世界に、それも駿くんと一緒に出席するなんて、なんとなく気後れする。

「マナーは心配していない。僕が留学してた時にはあっちで一緒にパーティーに参加しただろう？」

「あれは、小、中学生の頃だもの」

駿くんが留学している間、私は毎年のように夏休みを利用して駿くんのところに遊びに行っていた。駿くんに探してもらったサマースクールに通ったり、フィールドトリップに参加したりして、そこで英語を覚えたと言っても過言じゃない。中学生の夏休みに通った学校の中には、マナーに厳しいスクールもあって、その成果を披露する名目で、駿くんと一緒にパーティーに出席したことはあった。

大人ばかりの中で、日本人の少女がいれば多少のことをしても、周囲は温かい目で見守ってくれていた気もする。

「結愛、僕が心配しているのは表に出れば……傷付くこともあるって点だ。僕はあまり君を世間に晒したくない。そういう僕の態度を父たちは憂えていて、あえて君を表に出すように言ってきているんだ。試されているのは僕の覚悟だよ」

私は、視線をそらしたまま呟く駿くんを見た。ぱくぱくお箸をすすめながらも、その表情は晴れない。

プロポーズされた時も、駿くんはそう言った。

僕と結婚して表に出るようになれば、傷付くかもしれない。

隠してきたことが暴（あば）かれるかもしれないと。

「私がパーティーには出たくないって、ワガママ言ったことにする？」

「僕がパーティーに出したくなかったんだろうって、思われるだろうけどね」

「私は駿くんの望む通りにするよ」

「うん、知っている」

拒否することはできないんだろうなって、なんとなく感じる。たとえ当日病気で休んでも、駿くんの隣にいると決めたからにはいつかはしなきゃいけないこと。避けて通れない現実であるとわかっていた。

「昔みたいに、駿くんがドレス選んでくれる？」

「いいよ」

「盛装（せいそう）したかっこいい駿くんを見られるの、楽しみだな」

「二人きりならいくらでも、そうしてあげるよ」

「私……人前で堂々と駿くんの隣にいてもいいの？」

不意に真尋の言葉を思い出した。

『高遠さんもやるよね。大きな鳥籠（とりかご）つくっちゃってさ』

私は駿くんが与えてくれた鳥籠（とりかご）に自（みず）ら入ることも、ずっとそこにいることも望んでいる。

それは駿くんの望みでもあるし、私の望みでもある。

けれど鳥籠（とりかご）の中にとじこもっているわけにはいかない。私は駿くんのそばに、隣にいたいのだから。

「僕の隣は結愛だけだ」

「うん！」

駿くんは私の王子様、私は駿くんのお姫様。

誰に知られることもなかった私たちの関係は、少しずつ表に出ていくことになる。

でも駿くんがそばにいてくれれば、どんなことが起きても私はきっと前へ進んでいける。

第二章　永遠のお姫様

日本のパーティーは、海外のように異性のパートナー同伴が原則というわけでもないのだと教えてくれたのは真尋だ。

彼女に「パーティーとか出たことある？」と聞いてみたところ、いろいろ問われて、結局心配した真尋も一緒に出席してくれることになった。

駿くんは両親の名代として出席するため、挨拶まわりも必要になる。場合によっては私を一人にするかもしれないと不安だったようで、真尋の申し出を快く受けてくれた。

駿くんは私と真尋の分のドレスも準備してくれて、私の誕生日と同じように、エステやネイル、ヘアメークも予約してくれた。

今の私たちは鏡の前で二人ならんで、互いに変身していく様を楽しんでいる。

真尋からは「お屋敷で準備するんだと思っていた」と言われたけれど、駿くんは基本外部から人を呼ぶのが好きではない。

お屋敷にくる業者さんも、きちんと身分証明をさせた上で、同じ担当者だけに依頼するという徹底ぶりだ。たまにその担当者がお休みで別の人が来る時は、屋敷外で対応することもある。だからサロンの参加者も、推薦者が必要だし身元が明確な人に限られているのだ。

真尋のドレスはノースリーブの膝丈Aライン。シャリ感のある素材でオフホワイト色。ウエストマークの紺色のリボンと同色のボレロが甘さをピリッと抑えつつキュートな感じだ。

私のドレスは深緑色で白いリボンがついていて、同色のボレロを合わせている。真尋と同デザインの色違いでお揃いにしたのに、髪型やメークが違うため雰囲気が異なっている。

真尋はふわふわの髪に小さな白いリボンをいくつもちりばめて、かわいらしくなっているのに、その表情は複雑に歪んでいた。

私と一緒にパーティーに出席することが、彼女の義理の兄である巧さんにバレたせいだ。

「巧さん、結局どうするって？」

「あー、うん、仕事調整して自分も出席するって言ってた……。一応招待状は届いていて、お父さんが参加予定だったみたいだから代わりにだって。でも私は結愛と一緒にいるからね！」

真尋は中高一貫の女子校に高等部から入学してきた。お嬢さま学校で外部入学は珍しかったため真尋は浮いていて、中等部から通っていながらも微妙な感じだった私と意気投合して仲良くなった。

母子家庭で祖父母と同居していた真尋は、母親の再婚によって、中学生の時に湯浅製薬のオーナーの娘になり御曹司である巧さんの妹になった。

湯浅製薬のオーナーの再婚話は、その世界では噂になったようで、真尋たち母娘はお金目当てだなんだといろいろ言われたらしい。

義兄となった巧さんも、再婚には反対だったようで、真尋がお嬢さま学校に進学するなら結婚を許すという条件を提示してきたため、仕方なく真尋はそれを呑んだ。

巧さんは真尋の行動にうるさい。

他大学への進学は許さなかったし、一人暮らしやバイトにも反対している。湯浅の娘として恥ずかしくないようにしていろというのが、巧さんの言い分らしい。

私はあまりにも彼の制約が厳しいので、真尋の家に遊びに行った時に、一度話をしたいと思っていた。けれど、彼の真尋への態度を見て諦めた。彼が真尋をどんな目で見ているか気づいたからだ。

鏡の向こうの真尋は不機嫌ながらも、どんどんかわいらしく変身していく。

もともと綺麗な顔立ちをしているから、ほんのちょっとのメークでものすごく華やかになった。

真尋は私と二人でいると言ってくれているけれど、巧さんが知ったのなら、べったりついてくるだろうことは予想がつく。

「私は巧さんが一緒でも大丈夫だよ」

「えー、それは高遠さんが許さないでしょう！　っていうか巧くんだって、社会人になったんだから義理の妹なんか放置してきちんと仕事してほしいよ」

こんなに綺麗になった義妹を放置するのは彼には無理だろう。本当はパーティーに出席するのも反対したかったに違いない。でもきっと私のそばにいたいからという真尋の気持ちを大事にしたんだと思う。

私も初めてのパーティーで不安だったから、真尋の申し出に甘えてしまった部分がある。今度巧さんにはお礼をしなきゃなあと、思った。

「高遠さん、すっごくカッコいい！　これは噂以上だね。結愛、気を付けないとだめだよっ」

私たちの準備が整った頃合いを見計らい、駿くんは迎えにきてくれた。その彼を前に、さっきから真尋が興奮したようにはしゃいでいる。でも私もものすごくカッコいいと思うから、うんうん頷くだけだ。

盛装した駿くんを見るのは久しぶりだ。

幼い頃も『王子様って本当にいるんだなあ』と盛装した駿くんを見るたびに思っていたけれど、大人になった駿くんは昔の比じゃなく素敵だった。

約束通り仕事を終えて迎えに来た駿くんは『かわいらしいお姫様二人のエスコートなんて嬉しいね』と言って、真尋を舞い上がらせた。

真尋はこのパーティーへの参加が決まってから、いろいろ調べたらしい。

駿くんは日本に帰ってきたばかりで、あまり大きなパーティーには参加していない。けれど高遠家の御曹司が帰ってきたことは噂になっているらしく、いまだ独身のせいもあって注目の的なのだそうだ。

「でも、もう隣は結愛だって決まっているんだから、今夜は周囲にきちんとわからせるんだよ」とかなんとか言っている。

ホテルの会場に向かって、受付を済ませると「真尋」と呼ぶ声が聞こえた。

「巧くん……早かったね」

「誰かさんのせいで、急いで仕事を終わらせる羽目になったからな。初めまして、湯浅巧です。真尋がいつもお世話になっております。結愛ちゃんも久しぶり」

巧さんは、真尋からすぐに視線をうつして、駿くんに向き合うと手を差し出した。

「初めまして、高遠駿です。こちらこそ結愛と仲良くしてくれてありがとう。今夜も……真尋さんをお借りしています」

駿くんは瞬時に事情を悟ったようで、巧さんと軽く握手を交わした。

春に大学を卒業した巧さんは、社会人になったせいか、ものすごく大人に感じられる。

「真尋……このドレス」

巧さんは目を細めて眩しそうに真尋を見つめた。そこにはちょっとだけ「余計なことをして」みたいな感情が混じっているように見える。

「結愛とお揃いなの。高遠さんが準備してくれた」

彼に内緒でパーティーへ行こうと画策していたことがバレたせいで、真尋は借りてきた猫のようにおとなしい。

「あの、ごめんなさい。私がパーティーに参加するのが初めてだと言ったら、真尋が心配してついてきてくれると言って」

私は慌てて真尋をフォローした。

「大丈夫だよ、結愛ちゃん。真尋が言えなかったのは俺のせいだってわかっている。高遠さんにも一度ご挨拶しておきたかったから、結果オーライだ。真尋、ほら」

巧さんは、おもむろに真尋に腕を差し出した。真尋が首を傾げて不可解な表情をしている。

「このパーティーに出席する理由を忘れたのか？　高遠さんは結愛ちゃんと一緒にいる必要があるんだろう？　二人の邪魔にならないようにおまえは俺の隣にいろ。高遠さんや俺がいない時だけ二人でいればいい」

「じゃあ、結愛もおいで。湯浅くん今夜は甘えさせてもらうよ」

「高遠さんに貸しをつくれるなら喜んで」

私が駿くんと腕を組んだのを見て、真尋は渋々巧さんの腕を取っていた。


広い会場は、天井が高いせいでますます広く感じる。

駿くんや巧さんみたいに盛装している人もいれば、スーツ姿の人もいる。女性たちは会場に華を添えるかのように煌びやかで、年配の人も若い人もたくさんいた。

しばらくすると照明がわずかに落とされて壇上にスポットライトがあてられる。偉い人たちの挨拶が続く中、私はただ駿くんの隣に立っているだけで精いっぱいだった。

これだけたくさんの大人たちと顔を合わせたことも、いろんな視線を向けられたこともない。

私がきゅっと駿くんの腕に力を入れるたびに、駿くんはもう片方の手で、私の手を優しく包んでくれた。

挨拶が終わると会場内の明かりがふたたび灯り、生演奏の音楽が雰囲気を一変させた。しんと静まり返っていた空間はすぐに会話で賑やかになり、そこかしこで挨拶が交わされる。

「結愛、今のうちに食事を済ませよう」

駿くんに連れられて、テーブルに近付く。

白いクロスをかけた長いテーブルの上には、銀色のトレイや、小さなグラスに入れられた前菜や、宝石みたいなお料理が並んでいる。お肉やお魚も、一口サイズで食べやすく、さらにひとつひとつの見た目にもこだわっていた。

駿くんは慣れた手つきで、白いお皿にお料理を取りわけてくれる。私はただ受け取って、とりあえず口に運んだけれど、緊張で味なんかわからなかった。

「やあ、駿くんじゃないか、ようやく帰ってきたんだね」

恰幅のいい男性が駿くんに声をかけてくる。「結愛、ごめん」と言って駿くんが離れると、すぐそばに巧さんと真尋が来た。

「高遠さんに近付きたい人間はたくさんいる。しばらくは戻ってこられないよ」

「大丈夫です」

「結愛ちゃん自身も注目を浴びていることには気付いている？」

「はい」

会場に入った時から視線はまとわりついていた。最初は駿くんに、そして次に腕を組んでいる私に。好奇心と興味と……それ以外のマイナスの感情も。

真尋が横に来て、駿くんの代わりのようにぎゅっと私の腕を掴んできた。真尋の緊張も私に伝わってくる。

「真尋、大丈夫か？」

「うん……なんかきついけど、大丈夫」

「最初は鬱陶しいだろうけど、慣れるしかない。慣れれば他人の視線なんかどうでもよくなる。結愛ちゃんは高遠さんのことだけ見ていればいいし、真尋は俺のことだけ見ていればいい。そうすれば周囲はどうでもよくなるよ」

巧さんはそう言うと、真尋の髪をふわりと撫でる。真尋がぴくりと震えて驚いたように巧さんを見上げた。二人の視線が絡んで、巧さんの目には甘い光が宿る。けれど、巧さんを呼ぶ声が聞こえた途端それはすぐに消え失せて、彼は小さく舌打ちした。

「とにかく二人でいるように。絶対に一人にはなるな」

そう言い残すと彼もまた会場内に埋もれていった。

私たちはこれ以上食事をする気にもなれなくて、飲み物のグラスだけを手にして、壁際に準備されていた椅子に並んで座った。

私たちはきっと、まだ子どもすぎる。

ここは大人の社交場で、私たちには縁遠い世界。でも駿くんや巧さんにとっては、いるべき世界。

「だから巧くんにはバレたくなかったのに……」

真尋がぽつりと呟く。巧さんが真尋のそばから離れた途端、ささやき声が聞こえてきた。「再婚相手の」や「連れ子」「義理の妹」などの単語が出てくる。

「真尋……ごめんね」

「結愛が謝る必要ない！　行くって言ったのは私だし、巧くんがそばにいなければ、私の存在なんてバレないんだよ。巧くん目立ちすぎるから」

確かに巧さんは目立つ。大学生だった巧さんがうちの高校に真尋を迎えにくると、ものすごい騒ぎになった。近隣の男子校に通っていた頃から彼は有名だったのだ。

「私も早く二十歳になりたいなあ」

「真尋……まだ考えが変わらないの？」

「変わらないよー。親の再婚で湯浅の娘になっただけなのよ。未成年のうちはどうしようもないけど……お母さんはお母さん、私は私。大学卒業したら養子縁組は解消してもらって、湯浅の家も出る」

「巧さん、大反対だと思うよ」

巧さんが撫(な)でた髪に、無意識に触れている真尋にあえて言った。私はてっきり、真尋は巧さんの気持ちに気付いていないのかと思っていた。けれどさっきの真尋を見て確信する。

「私は無理……こういう世界に馴染(なじ)めないし、おじいちゃんおばあちゃんのところに戻りたい。湯浅のお嬢さまなんて柄じゃないもの」

こうやって真尋はいつも自分を誤魔化(ごまか)す。巧さんとの距離を置こうと努力している時点で、気持ちは彼に向いているのに、それさえもなかったことにしようとする。

巧さんには自分はふさわしくない、と思っていてもその言葉を口にしないのは、私のためだ。

「私も馴染(なじ)めないなあ」

「結愛……」

私は矢内の娘じゃない。母の姪ではあっても、矢内とはなんの関係もない娘だ。そして実母はどういう人なのかあまりわかっていない。ひっそりと生きなければならない事情を抱えていたから実父は居場所を教えなかったという。

矢内家に引き取られたから、高遠家との接点ができた。

私の立場を守るために駿くんは五歳の娘と婚約して、人生を縛られた。

そうして私が望むならと結婚までしてくれる。

巧さんにふさわしくないと思っているから、離れようとする真尋。

駿くんにふさわしくないと思っているのに、離れられない私。

私も真尋も抱えている気持ちは同じなのに、違う方向へ進もうとしている。

「結愛、置いていってごめん。真尋さん、ありがとう」

「駿くん」

「湯浅くんも……つかまっているみたいだね」

差し出された手に私は思わず縋りついた。駿くんが優しく髪を撫でてくれる。人前だと思い出して離れようとしたけれど、駿くんは逆に私をゆるく抱きしめてくれた。

「心細かった？　泣きそうな表情している」

「うん」

「湯浅くんが戻ってきたら帰ろうか？」

「巧くんなら置いて行って大丈夫ですよ」

「……いや、そんなことしたら僕が恨まれる」

甘やかされている自覚はある。でも、駿くんがしてくれることを拒みはしない。

真尋には『高遠さんに刷り込まれているみたいだね』と言われたことがあるけれど、まさしくそうだと思う。幼い頃からそばにいて守ってくれる腕を、自ら離すなんてできない。駿くんから離れられないと思うのはこういう時だ。彼が拒まない限り、私はこの腕の中に居続けたい。

真尋を見ていると浅ましさを自覚する。

私がほっと安堵して顔を上げると、駿くんもゆるやかに抱擁を解いた。真尋がすかさず私の腕に絡んでくる。これ以上目の前でいちゃつかないで、と言っているみたいだった。

「駿」

艶やかな声がして、駿くんが背後を振り返る。真尋がぎゅっと私の腕に力を込めた。

私も声がしたほうを向くと、一人の女性が立っていた。ふんわりとした素材の薄い水色のドレスが、華奢な肢体を包んでいる。明るい栗色の髪はアップにされて顔周りにおくれ毛がふわふわしていた。

気品のある大人の女性でありながら、やわらかで親しみやすい雰囲気を醸し出している。

「久しぶりね」

「亜里沙、いつ日本に？」

駿くんが呼んだ名前を聞いて、私は思い出していた。昔も素敵な人だと思っていた。今はそれに大人っぽさと仄かな色香とが加わっている。

「私は先週から。駿は……日本に戻ってきたそうね」

「ああ」

亜里沙さんがふっと背後の私たちに視線をうつす。大きな目が、はっとして広がった。

「もしかして、結愛ちゃん？　私のこと覚えている？　イギリスで何度か会った。素敵な女の子になったのね」

覚えている。

津原亜里沙さん。

駿くんと同じ大学に留学していた、駿くんよりふたつ年下の女性。

夏休みにイギリスへ行った時、何度か一緒に食事をしたり遊んだりした。小学生だった私は、イギリスでは外出時、保護者同伴の必要があった。小学校でさえ親の送迎が必要で、一人での留守番も禁止されている国だ。駿くんがどうしても私の相手ができない時には、向こうでお世話をしてくれるお手伝いさんがそばにいてくれたけれど、時折亜里沙さんが私を遊びに連れ出してくれた。

優しくてかわいくて、お姉さんみたいな存在の彼女に、私は懐いていたと思う。

「覚えています。お久しぶりです」

声が震えそうになるのを堪えて私は言った。

「よかったー、覚えていてくれて、会えてすごく嬉しい。こちらはお友達？」

「湯浅真尋です。結愛の友人です」

「二人ともすごくかわいい！　駿ってば両手に華ね」

私たち二人の手を取って、亜里沙さんはぶんぶん振る。

「亜里沙さん、僕にもかわいらしい子たちを紹介して」

亜里沙さんに気を取られていた私は、彼女のそばにいた男性に気付かなかった。

シルバーのタイとポケットチーフ、時計やカフスで華やかさを出した、洗練された出で立ちの男性が私に歩み寄ってくる。

明るいふんわりとした髪に、にこやかな表情は亜里沙さん同様、警戒心を抱かせない。

駿くんには年相応の落ち着きと品のよさがあり、巧さんには強い存在感とカリスマ性があるけれど、この男性は華やかさと親しみやすさを滲ませている。

「こちらは高遠駿さん、大学時代の知り合い。彼女は結愛ちゃん、こちらは真尋ちゃん。彼は知人の神薙朗さん」

亜里沙さんの紹介で、駿くんと神薙さんは握手を交わした。

駿くんは口元に笑みは浮かべているものの、探るような目をしている。対する神薙さんはじっと私のほうを見つめている。私と真尋が一緒に立っていれば、男性の視線は真尋に向かうことが多い。だからそんなふうに注視されて落ち着かなかった。

駿くんは手放しでかわいいと褒めてくれたけれど、どこかおかしなところでもあるのだろうかと心配になる。

「どこかで……会ったことある？」

「朗さん！　こんなところでナンパしないで。私にとっても妹みたいなものなんだから」

「亜里沙さんの知り合いなんだから、そういうつもりはないよ。ただ、どことなく……初めて会った気がしなくて」

神薙さんは何気なく呟いて首を傾げる。そうして、はっとして私を見た。

その目はなにかを思い出したようにも、獲物を見つけたようにも見えて、知らず背筋に悪寒が走る。

「初対面だと思いますよ」

真尋が警戒心をあらわにして、神薙さんに答える。

それから「高遠さん、私たちちょっとレストルームに行ってきますね」と言うと、私の腕をぐいっと掴んで、引っ張っていった。

亜里沙さんはにこやかに私たちを見送って、駿くんにふたたび話しかけている。神薙さんはずっと私を目で追いかけてくる。

絡みつくような視線を送られているのが嫌で私は真尋の背中を追った。

神薙さんの意味深な視線も気になったけれど、それ以上に私の心を占めたのは、駿くんを見上げて嬉しそうにほほ笑む亜里沙さんの姿だ。

それが過去の彼女と重なる。

大学生の頃の彼女の背中は、長く伸ばした明るめの髪に覆われていた。光に反射してきらきら輝くそれに、駿くんが手を伸ばして触れる姿を見たことがある。

王子様の隣にいるべきお姫様は亜里沙さんみたいな女性なのだと憧れさえ抱いたほどだ。

私には履き慣れない高さのヒールの靴。大人の色気とかわいらしさを引き立てる淡いドレス。

亜里沙さんは昔より綺麗になって、背筋をぴんと伸ばして立つ姿は清楚で、駿くんと釣り合っている。

過去も現在も二人一緒にいる姿は、とても絵になっていた。

真尋はレストルームには入らず、その脇に設けられていたソファの並んだ場所に私を引っ張り込む。そして誰もいないのを確かめてから口を開く。

「あの人、高遠さんのなに？」

早足で歩いてきたせいで、真尋の髪のリボンが取れかかっている。ネコみたいな大きな目は、きっと瞬時にいろいろ見抜いたに違いない。でも私は真尋にはっきりとしたことを答えられなかった。

「駿くんと同じ大学に留学していたの。二つ下だったけど、あまり日本人のいない学校だったから、駿くんがいろいろ手助けしているうちに仲良くなって、私も向こうに行った時は一緒に遊んでもらっていた」

高校を卒業して留学したばかりの亜里沙さんは、慣れない海外生活で参っていた。

親元から離れた一人きりの生活。英語はある程度できていても、耳が慣れるまで聞き取れなかったし、あえて日本人の少ない学校を選んだことが裏目に出たらしい。

駿くんは大学に頼まれて、講義の取り方や生活面のサポートをしていたようだ。そうして夏休みに遊びに行った私とも仲良くなった。

当時の私は十歳、亜里沙さんは十八歳、駿くんは今の私と同じ二十歳。

「そういうことじゃなくて！」

真尋が言葉を濁す。

彼女がなにを聞きたいのかは私もわかっている。

「あの頃は二人の関係がなにかなんて、私にはわからなかったの。でも真尋が思っている関係だったと思うよ」

私は真尋の髪のリボンを整えながら言った。

『結愛ちゃんの髪は綺麗ね』。そう言って、亜里沙さんがキラキラのたくさんついたバレッタを私に譲ってくれたこともあった。薄いピンク色のサテンのリボンに、カラフルなビジューのついたもの。ハーフアップにして少し大人っぽい髪に結ってくれた。

婚約は私の立場を守るためだけのもので、私自身はあの頃その意味さえよくわかっていなかった。だから、駿くんが恋をするのは自由だったはずだ。

そこまで彼の人生を縛り付けることなどできない。

あの頃の駿くんと同じ二十歳になってみれば……十歳の小学生がどれほど対象外の相手かよくわかる。

婚約していた事情を鑑みれば、私に対して操をたてる必要なんてない。

駿くんの過去を気にし出したのは、自分が高校生になって、彼を意識し始めてから。

でも同時にその頃の駿くんは、私に女性関係を感付かせるようなことは一切なかった。

真尋は私の左手を取って、薬指の指輪を撫でる。

一粒のダイヤが光を反射させて私は目を細めた。

「高遠さんはもう結愛のものだもんね」

「うん、大丈夫よ」

私は二十歳になって、駿くんのプロポーズに応えて、その証の指輪ももらっている。

亜里沙さんとの再会が……今でよかったと思った。そうでなければきっと、私はもっと狼狽えていたはずだ。

ざわざわと甲高い声が聞こえて、私たちは顔を上げてそちらを見た。煌びやかな女性の集団が、ソファのそばで立ち尽くしている私たちに目を留める。その場所を譲るべく、真尋と一緒に会場に戻ろうと足を動かした時、腕を掴まれた。

「あなたたち、今夜高遠さんと一緒だった子？」

「あー、そうよ！　場違いなお子様連れているのが高遠さんで、びっくりしたもの。珍しく女性連れかと思ったら、こんなお子様の面倒見させられるなんて彼も大変ね」

「子どもは寝る時間じゃないの？」

三人の女性たちが口々に言葉を浴びせかけてくる。赤く染まった頬と、アルコールの香りで彼女たちが酔っているのはわかった。一人は赤ワインの入ったグラスを手にしたままだ。

こういう場所で酔うほど呑むような人がいることに驚く。

真尋は「行こう」と言って、私の腕を掴んでいた相手の手をやんわり引き離そうとした。瞬間、ぱしっとたたかれて振り払われる。

「真尋っ！」

「子どものくせに無視しないでくれる？」

「あなたたち高遠さんのなんなの？　妹なんて彼、いなかったでしょう？」

「知り合いです……」

「結愛！」

真尋がなにか言いかけるのを制して私は答えた。駿くんからは『僕との関係を聞かれたら婚約者だと告げていい』とパーティーの出席が決まってから言われていた。だから婚約指輪もはめていくように、と。

でも、なんとなく今酔っている彼女たちに真実を告げるのは憚られる。火に油を注ぐような真似をして騒ぎを大きくしたくはなかった。

私は駿くんのパートナーとしてこの場にいるのだから、少しでもふさわしい態度を取りたい。内心心臓がドキドキして怖かったけれど、私はそれを隠して言った。

「あなた方から見れば、子どもかもしれませんが、彼と一緒に招待を受けています。会場に戻るので手を離していただけますか？」

私は、できるだけ穏やかな口調を心がけて言葉を選んだ。声の震えはなんとか抑えられたと思う。

「子どもだって自覚があるのなら、出席しないことも一つのマナーよ。ここはあそび場じゃなくて社交の場なんだから」

「そうそう、大人の男と女の駆け引きの場なのよー」

「あからさまに言い過ぎよお」

彼女たちは高い声を上げて笑い合う。楽しいからではなく馬鹿にするための笑い声に不快感を覚えて唇を噛んでいると、鋭い視線が突き刺さった。

「だから高遠さんみたいな人のそばに、お子様がうろちょろすると目障りなの。今後一切こういう場には出てこないようにね、邪魔だから」

低く恫喝するように言ったあと、その女性は私の体をぐいっと押した。

いきなりのことに対応できずに、私は床に倒れる。酔っているとはいえ言葉以外のやり方で攻撃されて怯む。こんな時どんな態度を取れば、穏便に事を運ぶことができるのか、子どもだと言われずに済むのか、わからなくて混乱する。

「結愛！」

真尋が慌てて駆け寄って、私の体を支えて起こしてくれた。

ワイングラスを掲げた女性がすかさず近寄ってきて「早く帰れるようにしてあげるわ」と呟いた。赤ワインが光に煌めいて、グラスが傾けられる。まさかそんなことまでされるとは思わなくて、濡れる覚悟をしながらも咄嗟に顔を背けた。

「結愛ちゃん！」

けれど、浴びせかけられたワインを受け止めたのは、私ではなくて、その間に入り込んできた亜里沙さんだった。

薄い水色のドレスの胸元が、みるみる赤く染まっていく。

庇われた私も、そして絡んできた女性たちも動きを止めた。

第三者の乱入に、女性たちははっとした顔をすると、慌てて会場とは逆の方向へ逃げ出した。

「冷たいっ。結愛ちゃんは大丈夫だった？」

亜里沙さんは、まだ茫然と床に座り込んだままの私のほうを振り返った。その目には心配そうな光が宿っている。

「あの、大丈夫ですか？」

真尋が私を支えて立ち上がらせながら、亜里沙さんに問う。

「あの、あの、すみません！　私のせいで」

「結愛ちゃんのせいじゃないでしょう？　ちょうどこっちに来てみたら、結愛ちゃんが座り込んでいるんだもの。びっくりして咄嗟に飛び出しちゃった。派手なことするわねー、まったく」

亜里沙さんは、ドレスが汚れたことも気にせずにあっけらかんと答える。

けれど薄い素材のドレスは染みを広げながら、亜里沙さんの胸のラインまであらわにした。

亜里沙さんは、なんでもないように振る舞っているけれど、このままじゃ会場に戻ることなどできない。なにより、私は結局なにもできずに騒ぎを大きくして、こうして関係のない亜里沙さんや真尋を巻き込んでしまったことに落ち込む。

私がもっとうまく対応できれば、彼女たちの苛立ちを逸らす態度を取れれば、こんなことにはならなかったのに……

私が子どもだから絡まれる。

駿くんにふさわしくないと嘲笑される。

うまく捌くこともできない。

怒りとくやしさと悲しさといろんな感情が湧き上がる。

もしワインをかけられたのが私だったら、亜里沙さんのようになんでもないと笑って言えただろうか。

「結愛！」

「真尋！」

駿くんと、そして巧さんが一緒にかけつけた。

私は思わず駿くんに縋りつきそうになって、それを抑えた。意地悪されて、すぐに駿くんに頼るなんてそれこそ「子ども」みたいだ。

「結愛、大丈夫か？」

「大丈夫、なんともない」

肩や髪に触れて、不安そうに私を見る駿くんに頑張って笑みを見せる。駿くんは亜里沙さんに視線を向けて汚れた胸元に気付くと、すぐに上着を脱いで彼女の肩にかけた。

「亜里沙……大丈夫か？」

「私はドレスが汚れただけ。でも結愛ちゃんは突き飛ばされたから、怪我がないか見てあげて」

「結愛、そうなのか!?」

「私は大丈夫、怪我もない。それより亜里沙さんのドレス、だめになっちゃう」

「結愛ちゃん、大丈夫よ。ドレスは洗濯すれば多分綺麗になるから。ちょっと冷たいけどね」

亜里沙さんは、私を安心させるようににっこり笑った。

隣では真尋が巧さんに問われて、あった出来事をあらいざらい吐く羽目になっている。

「このままじゃ帰れないな……。でも結愛はこれ以上ここにいないほうがいい」

「高遠さん、よければ俺が真尋と一緒に結愛ちゃんを送ります」

亜里沙さんは、駿くんに借りた上着をきゅっと合わせて、心細そうに彼を見上げていた。

彼女はドレスだけじゃなく、きっと下着まで汚れている。

「駿……私一人でなんとかできるから、あなたも一緒に結愛ちゃんと帰ったら? こんなふうに絡まれて多分びっくりして傷付いていると思うわ」

「駿くん、私は真尋たちと帰るから、だから亜里沙さんのドレスをなんとかしてあげて!」

亜里沙さんと私が同時に発した言葉に、駿くんは少しだけ考える仕草をした。

本当は駿くんと亜里沙さんを二人きりにしたくはない。かといって、私を庇ったせいでそんな目にあった彼女を、一人にするわけにはいかない。私も一緒に残ればいいのかもしれないけれど、なんとなくこれ以上、亜里沙さんのそばにいたくないと思った。

「子ども、子ども」とあの女性たちにしきりに言われたことを思い出す。

彼女の隣にいれば……私は自分が嫌でも「子ども」だと思い知らされる。

どんなに綺麗に着飾っても、亜里沙さんに比べれば私は「子ども」に見えるのだろう。

駿くんは私といると子どもの面倒を見ている大人にしか見えないけれど、亜里沙さんとなら大人の男と女として釣り合っているに違いない。

彼ら二人が並んでいる姿に胸がざわめく。

どことなく意味深に駿くんを見る亜里沙さんの眼差しの意図に気付きたくもないし、それを受ける駿くんも見たくない。

過去の関係を知っているが故に、お似合いの二人を見たくなかった。

「結愛、本当に大丈夫か？」

ううん、本当は先に帰りたくなんかない。駿くんと一緒にいたい。

でも駿くんには大事な役目があるし、亜里沙さんだってまた会場に戻らなければならないはずだ。

今の私は、駿くんの迷惑になるだけでなんの役にも立たないのだから。せめて、こんなことぐらいなんでもないっていう姿を見せたかった。

「私は大丈夫。だから、駿くん亜里沙さんをお願いっ！」

「……わかった。湯浅くん、申し訳ないけれど結愛をお願いします。真尋さんも今夜は付き合ってくれてありがとう。一緒にいてくれて助かったよ。巻き込んで、ごめんね」

駿くんはまだ迷っているようだったけれど、私たちに周囲の目が向き始めたこともあって、そう言った。

「いえ、ワガママを言ったのは私のほうです。それになにもできなくて」

真尋がすまなそうに言うから、私は慌てて否定する。

「真尋、そんなことない！　一緒でよかったよ」

真尋がいたから心強かったし、今だって救われている。私は真尋の手を取って駿くんを見た。大丈夫だって安心させたくて、にっこり笑って見せる。

亜里沙さんは複雑な表情をして私と駿くんを見たけれど「結果的に迷惑かけてごめんね」と言って駿くんにそっと背中を押されていった。駿くんはホテルのスタッフを呼び止めて事情を説明している。

そうして私は初めてのパーティーをあとにし、真尋と巧さんに送ってもらった。

◆　◆　◆

シャワーを浴びて、髪を洗ってメークを落とすと「子ども」が鏡に心細げな顔をしてうつっていた。

駿くんに連絡を受けていた清さんに出迎えられて、私は自宅に戻った。

清さんからは、駿くんが戻るまでお屋敷にいればいいと言ってもらったけれど、疲れたから早めに休みたいと断った。

綺麗（きれい）なドレスを脱いで、華やかにしてもらった髪をほどいて、大人っぽく仕上げたメークを落とすと、大人の女性からは程遠い姿が現れた。

自分が童顔だと思ったことはない。

でもずっと駿くんと釣り合わないことは自覚していた。

ランドセルを背負う姿も、中学校のセーラー服姿も、婚約者というには幼すぎた。

高校生になったって、その差は埋まらなかった。

二十歳になって、少しは大人になったと思ったのに、いまだ差は明らかだ。

私の脳裏には、駿くんと、彼に支えられた亜里沙さんの姿がずっと残っている。

私はキッチンに向かうと冷蔵庫を開けた。いつもならお風呂上がりには、お気に入りの炭酸水を飲む。そのボトルを取り出そうとして躊躇い、結局駿くん用に常備している生ビールの缶を手に取った。

アルコールが解禁になっても、一人で呑んだことはない。外で呑む時は駿くんと一緒であることが条件だけど、家の中は自由なはずだ。

グラスに注いで白い泡がこぼれないギリギリに挑戦する。

私はソファに座ると、思い切ってぐいっとビールを口にした。

しゅわしゅわと口の中で踊る泡、そして舌に絡む苦味、喉をつくアルコールの刺激。

喉の渇きもあったせいか、苦味もそこまで感じずに、私は勢いづいてグラスを空にした。

ビールって苦くて大人の味だと思ったけれど、意外に呑めるかも。

駿くんと亜里沙さんはお似合いだった。

イギリスで顔を合わせていた時も……駿くんにお似合いの人だなあと思っていた。

『はじめまして、結愛ちゃん』。そう言って目線を合わせて手を伸ばしてきた亜里沙さん。

かわいらしいアクセサリーのお店や、数階建てのおもちゃ屋さんのビルに連れて行ってもらったこともある。

綺麗で優しくていい匂いがして、お姉ちゃんがいたらこんな感じなんだろうかと嬉しかった。

次の夏に再会した時には、駿くんと亜里沙さんの関係は深まっていたように思う。

『駿』『亜里沙』と呼び合う声の甘さや、私の頭を越えて絡み合う視線や、体が触れ合うほど近い距離。

『亜里沙さんは、駿くんが好き？』と聞けば、『うん、大好きだよ』と返ってくる。

『私も駿くんが大好き！ 一緒だね』なんて無邪気に答えた私を、ほほ笑ましく見つめていた。

一度は――

『亜里沙、結愛がいるから』

『ご、ごめん』

そう言って慌てて離れた二人がなにをしていたかになんとなく気付いて、ドキドキした。同時に知らない二人の姿に胸が痛んだ。

私には決して入り込めない時間と関係が二人の間にあるのだと認識したのは、中学生になった時。

あの二人が恋人同士だった過去を……私は知っている。

そして、それがどうしようもないことだというのもわかっている。

あの頃の私との婚約は、駿くんにとって私を守るためだけのものだったのだからむしろそれが当然だ。

私は小学生で、駿くんは二十歳だったのだから。

誰かを好きになって恋をして、キスをしてセックスをして、そんなのあたりまえのこと。

咎めようもない……過去。

私は二人がいつ別れたのかは知らない。

亜里沙さんと別れたあと、駿くんが何人の女性と付き合ったのかも知らない。

私が駿くんの恋人として認識した女性は亜里沙さんだけなのだ。

今頃あのホテルで二人はなにを話しているだろうか。なにをしているだろうか。

どれぐらいぶりの再会なのか知らないけれど、互いに大人になった姿はとても魅力的だったことだろう。

駿くんは、大人の落ち着きと余裕を感じさせるし、亜里沙さんは艶やかな色香を感じさせた。

昔も今も、二人はお似合いのカップルだ。

缶ビールを傾けると、残っていた泡だけがグラスに落ちていく。私はもう一本冷蔵庫から取り出してグラスを満杯にした。

ふと、亜里沙さんと一緒にいた男性——神薙さんは、駿くんと彼女の関係を知っているのだろうか、と思った。

亜里沙さんと神薙さんが特別な関係かはわからない。

でもそうだったらいいなと、願う自分がいる。

そうして神薙さんが意味深な視線を向けてきたことまでも思い出して、不安になった。

会ったことなど一度もないはずだ。

でも彼はなにかを思い出したような目をした。

探(さぐ)るような視線を、あからさまに向けてきた。

私はビールの苦味など気にせずに、ふたたびグラスを呷(あお)った。

駿くんと一緒に呑んだ時は、すぐに気持ちよくなってふわふわした気分になったのに、今はどれだけ呑んでも浮上しない気がする。

最初はおそるおそる呑んでいたのに、冷蔵庫から数本運んできてからは、どれを空(から)っぽにしたのかわからなくなってきた。

今の私には、甘いカクテルよりも苦いビールのほうがしっくりくる。

胸の中にいろんなもやもやがあって、それらを苦味が洗い流してくれる気がするから。

今夜、駿くんは帰ってくるだろうか。

もし亜里沙さんがまだ駿くんを想っていて、彼を誘ったら、あんな綺麗(きれい)な人を拒(こば)むことなんてできるのだろうか。

もし帰ってこなかったら、それはどんな意味になるんだろう。

二人の姿が現れては消えて、私の中のもやもやがグルグル渦(うず)をまく。

やっぱり私もパーティー会場に残ればよかった?

ちゃんと駿くんと一緒に帰ってくればよかった?

結婚しようって言われて、薬指には指輪があるのに、私はなにを不安がっているの？

駿くんの気持ちを疑っているの？

「結愛」

突然声が降ってきて、私はびくりと震(ふる)えて振り返った。

「声かけたんだけど、気付かなかった？　ただいま。ビール……呑んでいたの？」

「駿くん」

私は反射的に、幼い頃いつも駿くんと会う時にしていたみたいに、首のうしろに手を伸ばして抱き付いた。

帰ってきた。

ちゃんと、駿くんが帰ってきた。

体の中心が熱い。そしてふわふわしてなんだか心細い。手を離したらどこかに飛んで行ってしまいそうで、ぎゅっとしがみつく。それでもなんだか実感がなくて、私は駿くんを感じたくて、唇を寄せた。

それは私からする初めてのキス。

◆　◆　◆

「結、愛？」

「駿くん、駿くん、おかえりなさい」

「もしかしてこれだけのビールを一人で空けたのか？　酔っている？」

「酔ってないよ。掛け算だって逆から言えるよ」

「……そういうこと言っている時点でおかしいだろう？」

僕は抱き付いてきた結愛にそう声をかけた。

テーブルの上には数本のビールの缶。いくつかは横に倒れている。

二十歳になったばかりの結愛のアルコール経験は極端に少ない。

そして弱い。

頬はほんのり赤く染まっているし、目は潤んで、口調は幼くなっている。なにより彼女から僕にキスをしかけるなんて大胆なことをするのは初めてだ。

薄い素材の七分袖のパジャマは、ロングスカートタイプ。袖まわりや襟に小さなレースがついている程度のシンプルさで色気とは程遠い。しかし、身をねじって寄りかかれば体のラインがそこはかとなくあらわになる。

「結愛、なにしているの？」

「脱いで、駿くん。このタイうまくはずせないんだもん」

僕のタイに手をかけるのを諦めた彼女は、シャツのボタンをはずしていく。覚束ない指先の動きだけでも彼女が酔っていることは明白だ。

なぜ得意ではないアルコールを呑んだのか……結愛の想いが窺えて、僕は彼女の手を掴むと、ゆるやかに抱きしめる。

「遅くなってごめん。寂しかった？」

「…………」

結愛が泣きそうに表情を歪める。僕はいつもと同じまっすぐで艶やかな髪にもどったそれを優しく撫でた。

「うん……寂しかった」

しゅんと俯いた彼女の口から素直な言葉がこぼれ落ちてくる。僕は頬に手を添えて結愛の顔を上げさせ、唇をそっと押し付けた。

いつも僕が絡めなければ逃げる舌も、今夜はすんなりつかまえられる。湿り気の残った髪に指を埋めて彼女の頭を支えると、僕は貪るように口づけをした。

結愛もまた、背中に腕をまわして僕にしがみついてくる。

寂しかったと雄弁に語るキス。

今夜の結愛は、とてもかわいらしかった。

僕の贈ったドレスを着て、メークをした姿は、花のように可憐だ。

大人になり切れていないが故の初々しさ、あどけなさ、そこはかとなく漂う淡い色香は、深紅ではなく薄桃色のイメージ。

背が伸びて、体つきがやわらかくなって、大人びた表情をするようになっていくのを、僕はつぶさに見てきた。年を経るごとにどんどん変化は大きくなっていき、時間をおいて会えば会うほど成長を感じていた。

特に、高校を卒業してからの変化は著しい。

もっと大人になってほしいと思うこともあれば、このままの彼女でいてほしいとも思う。

性的なことに関しては特になんの色もついていなかった彼女は、僕が教える通りに素直に学んでいく。ぎこちなかったキスも愛しかったけれど、慣れてくるのもかわいらしい。

今は、普段だったらありえないほどの積極性に僕が翻弄されている。

慣れていない彼女のペースに合わせながら、時間をかけて強引さも織り交ぜて抱いてきた。

けれど、今の結愛にはそんな手順は必要なかった。

僕は結愛のはずせなかったタイを取り、自分でシャツを脱いだ。同時に結愛のパジャマも脱がす。

明かりの煌々とついたリビングで、下着姿になったことでわずかに残っていた羞恥が蘇ったのか、結愛は僕から離れた。

「駿くん」

ゆるやかに腕で体を隠しながら僕を見上げてくる。不安と期待の入り混じった表情に、僕が濡らした赤い唇。

「どうした？」

「ここじゃ……嫌」

「誘ったのは結愛だ」

少し意地悪に言うと泣きそうな表情で上目遣いしてくる。

結愛は時々こうして僕を無意識に煽（あお）る。

こういう関係になる前から性質（たち）が悪かったけれど、最近はますます僕を惑わせてくる。

いっそこのまま強引にリビングで抱きたい衝動（しょうどう）にかられた。

明るい場所で結愛の痴態（ちたい）を見たい。酔っている結愛なら、最初は抵抗してもきっと最後にはすべてを許してくれるだろう。

けれど、テーブルの上のビールの缶をちらりと見て、彼女が今、抱えている感情を吐き出させるのが先だと悟る。

「寝室へ行こう」

結愛が潤んだ目のままこくんと頷（うなず）いた。

僕は彼女の手を引いて、寝室へと誘った。


ベッドに横になると、腕枕をして結愛をそっと抱きしめる。

彼女の部屋にもベッドはあるけれど、二十歳の誕生日から、僕の部屋のベッドで一緒に眠るようになった。

淡いベージュのシーツに結愛の黒髪がふわりと広がる。酔っているせいか体温は高く、とろんとした目でおとなしく僕の腕の中にいた。

「パーティー……疲れた？」

「うん、ちょっと緊張した」

「ワインをかけられる前、絡(から)まれていたんだろう？　なにを言われた？」

結愛の髪を梳(す)きながら彼女の表情の変化を見逃すまいと見つめる。

結愛は一瞬目を大きく開いた後、口元をきゅっと結ぶ。

酔った彼女に誘われるまま組み敷くのは簡単だ。

けれど、今夜結愛は初めて僕と一緒にパーティーに出席した。

父の名代として出席した僕には、それなりの役割があり、彼女のそばにずっといることはできなかった。僕の婚約者として、一緒に挨拶(あいさつ)をさせることも考えたけれど、初めてのパーティーでいきなり周囲から注目を浴びさせるのも酷(こく)な気がしたから。結愛からも、少しずつゆっくりがいいと言われたこともあって、連れまわすのを取りやめた。

僕がそばにいない分、一人にならないように真尋さんにお願いしていたけれど、結局は二人一緒に嫌な目にあったようだ。

「亜里沙が……君たちがなにかひどいことを言われていたようだって心配していた」

「亜里沙さん大丈夫だった？」

結愛が、はっとして問うてくる。

「ドレスはすぐにホテルのクリーニングに出したし、代わりの服も準備できたから大丈夫だ。それより、どんなことを言われた？」

「たいしたことじゃない」

「たいしたことじゃなくても、僕は知りたい」

僕は彼女の額にキスを落とした。

なにかあれば僕に言うように、幼い頃から言い聞かせてきた。だからあまり隠し事はできないはずだ。

日本にいると空気を読むことや、暗黙の了解や、口に出さないことが美徳のような風潮をいまだに感じる。

海外ではそんなことは通用しない。

互いに腹に抱えていることは口に出して伝えなければ、なにも考えていないのと同じだと捉えられる。

「駿くんの周りを子どもがうろちょろしないでほしいって」

「子ども？」

「どんなに綺麗に着飾っても、やっぱり子どもに見えるみたい。駿くんに釣り合ってないなんて、言われなくてもわかっているのに」

結愛は目を伏せて小さく呟いた。

そのセリフには彼女が日頃からそう感じていることが滲んでいる。

僕たちの間には十歳の年の差がある。その差は永遠に埋まらないし、二十歳になったばかりの彼女が大人になりきれていないことも事実だ。でもそんなものは、あと三年もすれば関係なくなっていく。

結愛にはまだそれがわからない。

「釣り合わないのは僕だろう？　結愛が子どもなら僕はおじさんだ。若い女の子にふさわしくない」

「そんなことない！　駿くんはおじさんじゃないし、いつまでも素敵だもの」

「結愛も子どもじゃないよ。僕にとっては大事なお姫様だ」

結愛が体を起こして反論する。

下着姿の彼女の体つきは、子どもには見えない。

子どもに見えなくなったから、僕は困ってきたのに……

ベッドサイドの明かりだけの部屋は薄暗い。わずかに肌を照らすオレンジの光と影とが、結愛のハリのある肌を映し出す。胸の谷間が髪にかくれるのが惜しいぐらい。

僕の視線になど気付かずに、結愛は言ったセリフに気を向ける。

「釣り合っていない」なんて言葉は、これからだってしばらくは言われ続けるものだ。

他人の悪意ある言葉に、結愛の思考が染まってほしくない。

「釣り合うとか合わないとか関係ない」

「でも……亜里沙さんとは釣り合っていた」

小さな声だった。けれどはっと視線を逸らしたところを見ると、思わず口にした言葉だったのだろう。

「駿くんと亜里沙さん……すごくお似合いだった。昔も、昔もそう思っていたの。駿くんが王子様なら、お姫様は亜里沙さんだって」

本音をもらして勢いづいたかのように、結愛は言葉を続けた。

僕と亜里沙が特別な関係にあった頃、結愛はまだ小学生だった。『好きな男の子なんかいない』と恋には興味がなさそうで、むしろそういう部分は幼い印象があった。

中高と通った女子校は、車送迎が必須だったこともあって、男性との接触は限られていたし、結愛は学校と自宅とお屋敷の行き来がメインの生活だった。

僕以外の男と知り合う機会など、ほとんど与えなかった。それは僕が意識的に制限した結果でもある。結愛が恋愛に疎いのは、ほとんど僕のせいだ。

だから二十歳を待たずに、同居しながら意識させてきたのだけれど。

「駿くんだって、そう思ったんじゃないの？　亜里沙さんすごく綺麗になっていて、久しぶりに会って、嬉しかったんじゃないの？」

結愛のセリフに、僕は体を起こした。

「……結愛、妬いているの？」

彼女がどんな表情で言ったのか見たくて、その頬に手を添えた。結愛は酔いで染まった顔を見られたくないかのように、顔を背ける。

さっき結愛は、亜里沙をすんなり僕に任せたから、過去の関係にも気付いていないのだと思っていた。

「わかんないっ！　でも、なんだかもやもやするの！」

「だったら先に帰らずに、一緒にいればよかったのに」

「だって！　一緒にいるのを見るのも嫌だったの！」

ビールを呑んだのも、キスをしかけてきたのも、酔いに任せて言い放っているのも、彼女の存在に妬いたからだと気付いて嬉しくなる。

「なんで笑うのっ」

結愛がすかさず怒って言う。

「ごめん、ごめん。でもやきもちを妬く結愛がかわいすぎるから」

「こんなのっ、かわいくないっ」

「かわいいよ。やきもちを妬いて僕に内緒でビールを呑む結愛も、こうして反論してくる結愛も」

僕は結愛の頬を両手で包むと、逸らしていた視線を僕に向けさせた。

「なにより、結愛が自分から僕にキスをしてきた。僕がどれだけ嬉しいかわかる？」

「嬉しい？」

「結愛が僕を求めているんだ、嬉しいに決まっている」

結愛の僕への感情は親愛がメインだった。

僕を「好き」だという気持ちに嘘はなくても、それが本当に恋愛感情なのかどうか自信がなかった。

釣り合っていないとか、ふさわしくないとか、養女だからと遠慮して、簡単に僕から離れられるような気持ちじゃあ困る。

結愛には、僕を強く好きになってほしい。

もっと僕を求めてほしい。

「僕が好きなのは結愛だけだ」

「だったらキスしてっ!!　亜里沙さんともう二人きりにならないで！　駿くんのお姫様は私だけにして！」

かわいらしい命令に、思わず浮かびそうになる笑みを堪える。こんなふうに怒っている結愛もかわいらしいけれど、やっぱり彼女には笑っていてほしい。

そして……僕にしか見せない艶やかな表情を見せてほしい。

「お姫様のお望みのままに」

そうして、僕は彼女の望み通り、その可憐な唇を塞いだ。


僕の体の上に乗るように抱き寄せる。下から見上げる結愛は、あどけなさを消して僕を見下ろす。落ちてくる髪を耳にかけ、唾液に濡れた唇をそっと舐めた。

無意識だろうその仕草に、煽られる。けれど、そんなことには気付きもしない彼女は、やっぱり性質が悪い。

やわらかな胸を僕に押し付けて、結愛は深くキスを落としてきた。

口づけの角度に違和感があったので、僕のほうが調整する。しっくりきて安堵したのか、舌をおずおずと伸ばしてきた。

彼女の背中を撫でまわす。滑らかな肌は指先で辿るだけで気持ちよく、か細い肩や肩甲骨も掌に収まる。上下にゆっくりとさすりながら、わき腹や腰骨も撫でていった。

最初はくすぐったさだけを示していたのに、おしりの上のほうをなぞるとびくりと反応する。結愛自身もそんなところに感じた自分にびっくりしたのか、唇を離して肘をついて上体をわずかに起こす。僕はその隙間に片方の腕を滑り込ませて胸に触れた。やわらかさだけでなくわずかな重みもあって、いつもよりハリがある。先端をさけてもみながら、おしりの上をもう一度なぞった。おしりの割れ目の上の筋で辿ると、ぴくぴく震える。うしろの穴に触れられるとでも思ったのか、きゅっと力が入った。


「駿くんっ」

「なに？」

「変なところ、触っちゃだめ」

「でも気持ちいいんだろう？」

「だめって言ったら、やめてくれるって言った！」


結愛は酔っているせいか、今日はやけに素直だ。

確かに「だめ」や「嫌」と言ったらやめると言ったのは僕だから、さすがにこれ以上そこを探るのは諦める。

その代わりふんわりと丸いおしりを掴んだ。結愛の体はまだこわばっている。けれど胸やおしりはやわらかい。

硬い果実が熟れてやわらかくなっていく様を、僕は目で楽しんで肌に触れて確かめる。

「じゃあ、ここはいい？」

僕は腕を伸ばして、太腿（ふともも）の間をそっと撫（な）でた。その部分に触れたわけでもないのに、毛の一部に湿り気がある。

「それともだめ？」

太腿（ふともも）の奥に向かいかけた指を今度は膝（ひざ）のほうに戻す。滑（なめ）らかな肌の感触を味わいながら、結愛が許可を出すのを待った。

結愛は一瞬だけ全身を硬くして、小さく唇を噛（か）む。僕は肝心なところには触らずに、ぎりぎりを保つことで結愛の快感を高めていく。堪（こら）えきれずにこぼれてきた蜜が指先に触れて、僕は濡れた感触を教えるためにそれを彼女の肌に塗り付けた。

「結愛、ここは触っていい？」

「…………」

「結愛、いい？」

開きかけた口を閉じた結愛に再度問う。そして指先で際（きわ）どい場所をなぞった。

「……触って」

結愛がようやく許可を出す。

喉の奥からしぼり出すような声と恥（は）ずかしげな表情に満足して、僕は彼女が求める部分に指をそわせた。

背中からまわした腕では奥までは届かない。けれど浅い部分は行き来できる。すると粘度（ねんど）が増したねっとりとした蜜が、出口を見つけてトロトロとこぼれていった。

「やっ、はあっんんっ」

「結愛……ものすごく濡れている」

全身をめぐるアルコールのせいなのか、彼女の体温はますます上がり、過敏になっている。

僕は腕を前に移動して、一気にその中に指を突き入れた。

「ひゃっ、ああんっ」

痛みよりも快楽が勝るのか、乱暴にしたにもかかわらず結愛は背中をそらせて嬌声を上げる。

目の前で揺れる胸の先は硬く尖り、僕に食べてほしいと望んでいる。

だから首をかたむけ、結愛の胸を掴んでその先をつかまえた。

薄桃色の綺麗な果実を口の中に含むと、結愛自身も僕が舐めやすいように体を動かした。

その間にも僕は指の本数をふやして、彼女の中をかき混ぜる。ぐしゃぐしゃという卑猥な水音が大きくなると同時に、中に溜まっていく蜜も増える。結愛の体からどれだけこの蜜が溢れてくるか試してみたくなるほどだ。

「あっ、はんっ、ああんっ」

僕は彼女の蜜を指に絡ませると、中をかき出すように引き抜いた。それをそのまま彼女の口に入れる。

「結愛、舐めて、君のだ」

酔いと快楽に呑まれている結愛は、一瞬躊躇ったものの僕の指に舌を絡め出した。拙かったのは最初だけで、僕の指とキスをしているかのように舐めてくる。唾液が滴り出す頃には、僕の思考もまずくなっていった。

まだ、彼女に僕のものを含ませたことはない。

そんな僕の考えなど知らない彼女は、指先から指の間まで丁寧に舐め取り、時折口から舌をちらりとのぞかせる。生温かい舌の感触は指だって気持ちいいのだから、己を突っ込めばさらにだろう。

僕は片方の指を結愛の中に、もう片方を彼女の口の中に入れて、かき混ぜた。

どちらの粘膜も温かくやわらかくて、結愛はびくびく震えながらも必死に舌を動かす。唇の端からは唾液がこぼれ落ち、股の間からは蜜がこぼれてくる。

結愛が見せる痴態を僕はながめる。

恍惚とした表情に、もはや「子ども」の要素など微塵もない。匂いをまきちらす花のように、結愛は花弁を開いて隠しているものをさらけ出してくる。

結愛の中は収縮しては弛緩して反応する。それを繰り返すうちに中はどんどん狭くなっていった。

音が出るようにかき混ぜ、僕は彼女の口から指をはずした。

垂れてくる唾液と同時に、彼女の高い声がオルゴールのように響いてくる。僕が奏でる楽器は、卑猥な曲を室内に響かせた。

結愛が僕の上で腰を揺らす。いやらしい部分を自ら広げる指先は震えていたのに、いざ奥まで入り込むと器用に腰を動かし始めた。一度達して敏感になった体は、さらなる快楽を求めようとする。

気持ちのいい場所が自分でわからない彼女は、もどかしそうに動いては泣きそうな顔で僕を見下ろした。

「駿くん、駿くん」

甘えた声で僕の名前を呼ぶ。どうしたら気持ちよくなるかわからなくて困惑して、でもそれが欲しくて駄々をこねる。

「なに？」

「動いてっ」

「こう？」

「ひゃっ……んんっ」

僕が腰を突き上げて助けると、結愛は「もっと」と要求してきた。

セックスは恥ずかしい行為じゃない。

互いの体を使い合って、気持ちのいい場所を教え合う。それは会話をすることと同じだ。言葉でなく肌と肌で知っていく。

気持ちいいことは気持ちいいと、欲しいものは欲しいと言うように教えてきた。そして彼女は素直に言う通りにする。

「結愛、うしろに手を置いて。気持ちよくしてあげる」

中だけで感じるのはまだ無理だ。だから敏感な部分を僕にこすりつけることで手助けさせる。僕は彼女のその部分に指を添えた。

皮を剥いて顔を出したその部分はどんどん大きく膨らんでくる。その部分からも蜜が滲むようで指は滑らかに動く。

「やあっ、駿くん、そこっ、あああっ」

だめという言葉を禁じているせいで結愛は、咄嗟の言葉が出てこない。「いい」と言うのは抵抗があるようでかわりに「そこ」だと告げてくる。

「結愛、いい？　気持ちいい？」

「んんっ、あっ、激しい！　駿くんっ、ああんっ」

「イく？」

「イくっ、イっちゃうの……」

滅多に口にしないセリフを吐き出して、結愛は僕の上でよがり狂った。快感を素直に享受して、それをあらわにする姿は、もはや「子ども」ではありえない。

結愛は知らない。

僕がずっとどんな目で彼女を見てきたか。

十六歳のあの日のキスから、僕の中で彼女の位置づけがかわった。「妹」や「子ども」には見られなくなった。

年の離れた、まだ学生の彼女をそんな目で見始めた自分が許せなくて、海外での仕事に没頭して物理的な距離を置いた。

近くにいれば、彼女を傷付ける可能性が高い。

無邪気(むじゃき)に僕にほほ笑み、手を取り、抱き付いてくる彼女を僕は拒(こば)めない。

そして、そうされれば理性が崩壊することもわかっていた。

ずっと触れたかった肌がある。

ずっと聞きたかった声がある。

ずっと感じたかった体温がある。

離れていこうとしても離れられないように……僕が画策(かくさく)していることなど永遠に気付かなければいい。

◆　◆　◆

パーティーの数日後。私がお屋敷で仕事をしていると、インターホンがなった。

すると斉藤さんが使用人用の休憩室へ行き、テレビモニターを確認する。

このお屋敷には、周辺はもちろんのこと、玄関横のラウンジや、サロンに使用するお部屋、来客者がくつろぐリビングやダイニングルーム、それらに使用する通路や廊下を映すカメラがある。

セキュリティ会社に就職した颯真くんに駿くんが依頼して、設置したものだ。プライベートルームを除いたほとんどを網羅(もうら)しているという。

監視しているようでなんとなくすっきりしない部分もあるけれど、サロンを開催(かいさい)し始めて、このお屋敷に様々な人が出入りするようになったため必要になった処置だ。

もちろんサロン参加者の個人情報はいただいていて、身元や推薦人などがはっきりした方たちばかりだ。逆にだからこそ、そういう人たちの安全を確保するために設置するのだと、駿くんたちからは説明された。

このお屋敷は昔ながらの建造物だ。歴史的価値もあるし、部屋に設置されている調度品にも高価なものが多いから、防犯対策が必要なのはわかる。

それに、各お部屋の様子もその映像でわかるから、私はお客様を避けて動きやすくなった。

今も厨房にいる料理長が今日のおやつにチーズケーキをつくっている姿が映っている。

お部屋の掃除をはじめとする雑事を終えた私は、休憩室の壁にかかっている時計を見た。エプロンをはずして、乱れた髪を再度結び直す。

斉藤さんに了解を得て来客を迎えたのは清さんだ。二言、三言言葉を交わして、玄関そばにあるラウンジのうち、小さめの部屋にお客様を案内していた。

私もそこへ足を運ぶ。今日は今から、亜里沙さんに会う予定なのだ。

パーティーで助けられたのは私だったから『亜里沙さんになにかお礼をしたほうがいいか』と駿くんに聞いた。駿くんからは『亜里沙からは結愛とまた会いたいって言われた』と躊躇いがちに告げられた。

もしなにかお礼を考えてくれるなら『お屋敷に行ってみたい、結愛ちゃんとゆっくりお話ししたい』とも言われたのだそうだ。

高遠のお屋敷でサロンを開催し始めてから、お屋敷のことが噂になっていて、いろんな人に興味を持たれていることは、真尋に聞いて知っていた。

だから亜里沙さんが、お屋敷に来てみたいと希望するのはわかる気がした。

庇われたお礼はしたほうがいいし、それが亜里沙さんの望みなら叶えることは簡単だ。

それでも、亜里沙さんへのもやもやした感情を抱いている私としては、会うと決めるまで勇気が必要だった。

亜里沙さんが嫌いなわけじゃない。姉のように慕った過去の思い出だって綺麗に残っている。

でもお屋敷は……私と駿くんを繋げる大切な場所。

そこに、過去駿くんと関係のあった亜里沙さんを迎え入れるのは本当はちょっと嫌だった。

こういうところは子どもっぽいんだろうなって思う。

それに……亜里沙さんはもしかしたら、私に会いたいからとか、噂のお屋敷を見たい好奇心とかではなく、駿くんが暮らしていたところだったから、訪れたいのかもしれないし。

そして、そうであるならばその意味するところは？

考えたって答えの出ない問いを頭から振り払って、私はドアをノックした。

中からの返事を待ってドアを開ける。

「亜里沙さん、いらっしゃいませ」

「結愛ちゃん！」

亜里沙さんは、白いチェストに並べられた、ガラス細工や陶器の小物を眺めていたところだった。

この部屋はフレンチシックな内装でかわいらしい。パープルとグリーンの幅の太いストライプの壁紙。ピンク色の小花を散らしたパープルのカーテン。クリーム色のテーブルクロスには、端に同色の刺繍が施されている。

少ない人数のお客様をもてなす際によく使用される部屋だ。

亜里沙さんは、シフォン生地のグレーのワンピースに七分袖の桃色のボレロを羽織っていた。部屋の雰囲気にぴったりなその姿は、ふわりと柔らかく、大人っぽいというよりもかわいらしい。ゆるやかに巻かれた明るい髪が、窓から差し込む光に艶めいていた。

やっぱり亜里沙さんは綺麗だ。

私が幼い頃に「お姫様みたい」と抱いた印象は、年を重ねても変わらずむしろ増している気がする。

いつまで経っても、私が追いつけないほど……

「お屋敷で働いているって、本当だったのね」

私の服装を眺めて亜里沙さんがつぶやいた。

今日はVネックの白のカットソーに膝丈の黒いスカートという格好だった。

着替えればよかったかな、とふと思ったけれど、私は仕事の合間に時間をもらっているのだからこれでいいと思い直す。

私はおもむろに亜里沙さんに頭を下げた。

「先日は庇っていただいて、ありがとうございました」

「やだ、結愛ちゃん、頭上げて。私が勝手にやったことなんだし、悪いのは相手なのよ」

「でも亜里沙さんのドレスをだめにしてしまって……」

「大丈夫！　すぐにホテルの人に処置してもらったし、駿には代わりのドレスまで準備してもらったのよ。むしろ得しちゃったんだから」

亜里沙さんはなんでもないようににっこり笑うと、紙袋を掲げた。

「駿に借りた上着もちゃんと綺麗になったのよ。本当はこれ、直接駿に渡してお礼を言いたかったんだけど……」

ドキッとした。

駿くんと亜里沙さんの関係は過去のこと。

なのに私は、駿くんの上着をかけてもらった時の亜里沙さんの表情を思い浮かべて動揺してしまう。亜里沙さんにとって……駿くんは本当に過去の人になっているのだろうか。

「これ、結愛ちゃんに預けて平気？」

「はい、お預かりします」

亜里沙さんから紙袋を受け取って、こっそり安堵した自分にため息をつきたくなった。

もし「直接会って渡したい」って言われたら……きっと私は「嫌だ」と思っただろう。でも拒むことなんかできない。

そう、私は亜里沙さんがまだ駿くんを好きだったらどうしよう、と思っている。

ずっと忘れられなかったとか、再会してまた恋に落ちたなんてよくある話だ。

姉として慕っていた気持ちと、駿くんの恋人だったことへの嫉妬がぐるぐる渦巻いている。

そんなことを考えていたら、ノックの音が聞こえてくる。はっとしてドアを開けると清さんがいた。ティーセットをのせたワゴンを彼女から受け取ると、自分のすべきことを思い出してちょっと冷静になった。

亜里沙さんに椅子に座るよう促して、セッティングしていく。

三段のプレートの一番下にはサンドイッチ、二段目にはスコーンと手作りのジャム。そして一番上に小さなケーキ。オーソドックスなイングリッシュアフタヌーンティーだ。

私からのささやかなお礼の気持ちで準備した。

亜里沙さんが懐かしそうにそれらを眺める。

このお屋敷でも外でも、私がアフタヌーンティーを食べたいと言っても、駿くんはあまり注文させてくれなかった。駿くんが甘いものが苦手なのもあったし、量が多くて私が残す可能性が高かったのもあったからだけど。

だから、亜里沙さんと二人でカフェに入った時にだけ、この三段プレートを頼むことができた。

「女の子同士の秘密ね」なんて笑って、亜里沙さんと二人で食べた思い出が蘇ってくる。亜里沙さんもそのことを思い出しているようだ。

紅茶をゆっくり注ぐと、部屋に華やかな香りが広がった。カップを彼女の前に置いたら、亜里沙さんが静かに口をつけた。

優しくてかわいくて憧れだったお姉さん。それは今でも変わらない。彼女はとても魅力的な人だ。冷静に考えれば、駿くんがどうして選ばなかったのか不思議なぐらい。

「おいしい、おいしいよ、結愛ちゃん」

「よかったです。ささやかなお礼です。あの夜は本当にありがとうございました」

「結愛ちゃんは、かわいい妹みたいなものだもの。当然よ！　本当はお礼もいらなかったんだけど、結愛ちゃんとゆっくり話したくて、駿にはワガママ言っちゃった。お屋敷で働いているから忙しいって聞いていたけど大丈夫だった？」

「きちんとお休みをいただいたので大丈夫ですよ」

「そっか、よかった。駿ともしばらく顔を合わせていなかったけど、結愛ちゃんとはもっと会っていなかったでしょう？　パーティーで駿の隣にいるのを見た時は驚いたわ。女の子はいつのまにか大人になるのね……私なんか、ただ年をとっちゃっただけなのに」

　亜里沙さんは「いただきます」と言ってサンドイッチを手にした。サーモンとトマトとクリームチーズを合わせたものだ。

「亜里沙さんは、昔から綺麗だったけど、今はもっと綺麗です」

「ありがとう。お世辞でも嬉しいわ」

　それから私たちは会わなかった時間を埋めるようにおしゃべりをした。

　亜里沙さんはイギリスの大学を卒業したあと、父親の経営する会社に入社したそうだ。そこで秘書として、海外出張時の通訳をやっていたらしい。ここ二年はお兄さんについてアジアのほうにいたのだという。

　私なんか中学、高校に行って卒業しただけなのに、亜里沙さんはいろんな国で様々な経験を積んでいた。

「結愛ちゃん……駿の隣にいるって決めたの？」

紅茶のカップをそっとソーサーに置いて、亜里沙さんは私を見つめる。

彼女が懐かしさから、私と話したいと言ったわけではないとは思っていた。

駿くんから、亜里沙さんに婚約の件を伝えたとは聞いていたから。

「駿くんの隣にいたいと思っています」

彼の隣にいようと決めた、というよりも、ただそばにいたいだけだ。

これまでずっと近くにいたように、これからも一緒にいたいだけ。

過去の駿くんは亜里沙さんのものだったとしても、未来の彼は私のものだ。そんな想いを込めて亜里沙さんから視線を逸らすことなく見つめ返した。

「私もね、少しの間隣にいて、やっぱりいろんな目にあった。これほど大きな高遠グループの御曹司ってだけでも魅力的なのに、彼自身もとても素敵な男性だった。彼のそばにいたいと願う女性はたくさんいて、やっぱり妬まれたし意地悪された。それはきっとこれから先も続くわ。駿の隣に立つってそういうことだと思う。結愛ちゃんはそれに耐えられる？」

この間みたいな暴言は序の口であると言いたいのだろう。駿くんにも同じように言われた。

公の場に出るようになれば、傷付くことも増えるのだと。

「駿くんの隣にいるためなら、どんなことでもします」

亜里沙さんは私の真意を探るように見て、そしてふっと表情をやわらげた。

「きちんと覚悟しているのね。それなら安心かな。あんな目にあうことはこれからも多くなるし、駿がいつでも庇えるわけじゃない。結愛ちゃんが傷付いて弱ってしまうなら心配だったけど、杞憂みたいね、っていうよりお節介か」

「いえ、心配してくださってありがとうございます」

「うん、あんなのに負けちゃだめよ。所詮やっかみが大半なんだから。暴言にも戯言にも耳を傾けちゃだめ。駿の言葉だけ聞いて。これは経験者からのお節介」

私は紅茶をそっと飲む。

ちょうどいい蒸らし具合のはずなのに、ちょっぴり苦く感じるのは、亜里沙さんから駿くんとの過去を仄めかされるせい？

それとも、私の嫉妬心のせい？

「それから……私と駿は、今はいいお友達なの。だから、できれば結愛ちゃんともお友達になりたい。だめかな？」

私ははっとして顔を上げると、慌てて首を横に振った。

亜里沙さんの近くにいれば私は否応なしに彼らの過去を思い出す。

そして今の二人が一緒にいるところを見ると自信をなくす。

でもここで逃げるのはなんだか負けのような気がして、申し出を拒めなかった。

「パーティーで会った、私と一緒にいた人のこと覚えている？　彼ね……私のお見合い相手というか、そういう意味で紹介された人なの。今は、お互いを知り合いましょうっていう段階なの。だからあのパーティーも一緒に出席した。私にもそういう相手がきちんといる、だから安心して」

突然の話題の変化に驚いて、そして最後の言葉で私はうつむいた。

亜里沙さんが駿くんを「友達」と言った時、本当は信じられなかった。いまだ駿くんを想っているんじゃないかと疑っていた。誰が誰を想おうと自由なのに、そういう嫌な気持ちを亜里沙さんに見透かされた気がして恥ずかしい。

「パーティー会場での結愛ちゃん、私のこと疑っているみたいだったよ。ふふ、かわいいっ」

「すみません……私そういうつもりじゃなくて、ただ亜里沙さんには敵わない気がして怖くて」

「だからそういうのがだめなの！　駿と婚約までしたんだから強気でいって！　結愛ちゃんはずっと駿のお姫様だった。駿はあなたを選んだの。結愛ちゃん、誰になにを言われても、自信を持って。私は……自信を持てなくてだめになったけど、結愛ちゃんには私みたいになってほしくない」

「亜里沙さん……」

亜里沙さんが本当に駿くんを「友達」としてしか見ていないのか、いまだ心の奥底で想っているのかは判断がつかない。わかるのは彼女も過去、確かに駿くんを好きになって、今でもきっと彼の幸せを願っているということだけ。

「このジャムも手作りなの？　甘さ控えめで、とってもおいしい」

スコーンを真横に半分にして、亜里沙さんがジャムを塗って食べる。私は、どれも料理長の手作りであること、私も時々お手伝いさせてもらっていることなどを話す。

駿くんを介して出会った憧れのお姉さん。

そして昔駿くんを好きで、駿くんが好きだった人。

亜里沙さんへ抱く私の感情は複雑で、幾重にも絡まった糸をどうほどけばいいかわからなかった。

◆　◆　◆

亜里沙さんがお屋敷に遊びに来た日、連絡先を教えられ『結愛ちゃん、絶対連絡してね』と念を押されたため、メールを送った。

それからメールのやりとりをするようになり、私が今ケーキ作りの勉強をしていると話したところ、ホテルのケーキバイキングやおいしいケーキ屋さんに一緒に行こうと誘われるようになった。

お屋敷のお仕事に決まった休みはない。

毎月希望を出し、みんなで調整して休む。

斉藤さんと清さんは交代で取り、どちらかは屋敷に残る。料理長と碧さん夫婦がお休みを取る時は、清さんに手伝ってもらいながら、私がお料理担当となっていた。

宿泊客を今よりさかんに入れていた時は、その状況に合わせて休みを取る形だったけれど、今年から駿くんが宿泊のお客様をセーブして、サロンメインにシフトしていっているから、サロンのない週末にお休みすることが増えている。

私は駿くんが仕事などでいない週末に、亜里沙さんと遊ぶようになっていた。

姉のいない私には、亜里沙さんの存在はやっぱり嬉しいものだった。

洋服や靴を選んだり、メーク用品の使い方を教わったり、同年代の友人とは違うセンスで新鮮だ。

私が亜里沙さんと出かけることについて駿くんは「結愛のやりたいように」と言ってくれた。

ただし、門限だけは設けられた。元々実家にいる時も、お屋敷にいる時も門限は定められていたから特に苦はない。

亜里沙さんは多少あきれていたけれど、破って結愛ちゃんと遊べなくなるのは嫌だからと協力してくれる。

時には真尋も誘って三人で遊ぶこともあった。真尋は最初、駿くんの元恋人だと知って「私が見極めてやる！」と息巻いていたけれど、今は「うーん、大丈夫かな」と言いつつ楽しんでいる。

私は中高と車で送迎されていたので、実は公共の交通機関をほとんど利用したことがなかった。それは亜里沙さんも同様で、私も亜里沙さんも練習を兼ねて、遊びに行く時は地下鉄やＪＲやバスなどを使うようにした。

一人だと不安でも二人なら失敗さえ楽しい。

亜里沙さんは日本の電車はわかりづらいと、しきりにぼやいていた。

そして今日は、平日に仕事の休みが取れた亜里沙さんに誘われて、郊外にあるアウトレットモールに行くことになっていた。

駅で待ち合わせをして、そこからバスを利用する。週末は人が多いし渋滞もするから平日が狙い目だと会社の人に聞いて、と亜里沙さんは随分楽しみにしていた。

私が待ち合わせの場所で亜里沙さんを見つけて近付くと、亜里沙さんは表情を曇らせて両手を合わせた。

「亜里沙さん？」

「結愛ちゃん、ごめんー」

挨拶もせずに謝罪から始まる。亜里沙さんは初夏らしく髪をアップにしている。緩やかに巻いた毛先がふんわり揺れる。

そのうしろから、一人の男性がにっこり笑って現れた。

「神薙朗です。僕のこと覚えているかな？」

私はパーティーで会った時のことを思い出す。

私を意味深な視線でじっと見つめていた人。

「亜里沙さんが平日に休みを取るって話を聞いてね。アウトレットモールに行くって聞いたから車を出すよって申し出たんだ。君と一緒に出かけるからって、ものすごく嫌がったけどね」

「ごめんねー、朗さんにバレると一緒に行きたがるから内緒にしていたのに！　女同士の買物は長いから退屈よって説明したのに」

「いいよ。綺麗でかわいい女性二人を連れての買物ならどこまでも付き合うよ。それに亜里沙さんが妹みたいにかわいがっていた君に、いろいろ教えてもらおうと思って」

優しげな表情からは、パーティーで会った時のような不躾な気配は窺えなかった。「教えてもらおうと思って」の言葉を怪訝に思って首を傾げると、彼はすっと私に近付いた。

咄嗟のことに動けずにいた私の耳元に、小さくささやきかける。

「昔の亜里沙さんがどんな感じだったか、教えてほしいんだ」

――それから、君のことも。

「朗さん‼　結愛ちゃんになにを教えてもらうつもりなの？」

「もちろん、僕が知らない亜里沙さんについてだよ。留学時代の亜里沙さんがどうだったか教えてほしいな」

亜里沙さんが焦ったように声をかけてくると、神薙さんはからかいを含んだ口調で答えて、すぐさま私から離れた。

私は彼が最後に呟いた言葉の意味がわからずに、ぽんぽんと気楽に話す二人をぼんやり見る。

神薙さんは亜里沙さんのお見合い相手で、互いに距離を縮めている段階だと聞いていた。

彼が亜里沙さんについて知りたいという気持ちはわかる。

でも、私について知る必要はないだろう。

「結愛ちゃん、私の恥ずかしい話とかは絶対言っちゃだめよ！」

「それが一番聞きたいのに。さあ、二人とも車に乗って」

神薙さんは私の戸惑いなど気付いていない様子で、優しい笑みを浮かべて車に誘った。

「助手席に乗ってよ」という神薙さんの言葉を拒否して、亜里沙さんは私と一緒に後部座席に座った。「今日はもともと結愛ちゃんと二人で行く予定だったんだから、それなら車には乗らない」とまで言い張って。

パーティーの時より親しみを感じる二人の距離に、お付き合いはうまくいっているように見える。

「結愛ちゃんって呼んでいいかな？」

神薙さんに聞かれて頷く。

「亜里沙さんが、結愛ちゃんとあーしたこーしたって、いっつも嬉しそうに話すから、一度僕もご一緒してみたかったんだ。妹みたいでかわいいって、僕とのデートより優先することがあるからね」

「そうなんですか？」

「そんなことないでしょう！　朗さんに仕事が入って予定をキャンセルされた時に、結愛ちゃんを誘っているだけじゃない！」

「そうだったかな？」

神薙さんは余裕の笑みをこぼす。彼の前での亜里沙さんはかわいらしい。私といる時も年上とは思えないほどかわいらしい雰囲気だけれど、それとはまた違う感じがした。

「お仕事は今日、お休みなんですか？」

「ああ。僕は比較的自由に休みを調整できる立場だから」

神薙さんは自分でネット通販の会社を経営しているのだと教えてくれた。だから休みはあったりなかったりするために、平日に取ることも無理ではないらしい。

二人は「この間行ったレストランおいしかったね。結愛ちゃんも連れて行きたい」など、二人にしかわからない会話も織り交ぜながら、楽しげに話している。

亜里沙さんは助手席に座ったほうがよかったんじゃないかと思うほど。

同時に私を一人きりにしないための彼女の優しさも感じた。

さっきのセリフは、亜里沙さんのことを知りたい、ついでに私のことも知りたい、その程度の軽い意味だったのだろうと私は思うことにした。


待ち合わせ時間が早めで、渋滞など一切なかったおかげで、スムーズに目的地に到着した。駐車場も十分余裕があったので建物に近い場所に停め、私たちはパンフレットを片手に目当てのお店へと向かう。

亜里沙さんお気に入りのセレクトショップは、フロア面積も広くメンズとレディース両方が入っている。

「朗さんはあっちでも見ていて」

「えー、僕も君たちの服選びに付き合うのに」

「試着の時だけお願いするから、選ぶまでは私たち二人にして」

神薙さんは残念そうにしながらも「お嬢様の仰(おお)せのままに」と呟(つぶや)いてメンズフロアに向かった。

マネキンはカジュアルなジャケットや、デザイン性のあるカットソーを身にまとっていて、駿くんにも似合うかも、などと思ってしまう。

もっとも、駿くんはなにを着ても似合いそうだけど。

「駿に似合いそうね……」

「え？」

思っていたことを言いあてられたのかと焦(あせ)って亜里沙さんを見た。

「海外生活が長かったから日本のブランドより、この服みたいな向こうのもののほうが馴染(なじ)みがあるんじゃない？　スーツもイギリスブランドが好きだったし」

彼女の言う通り、駿くんの着るものはヨーロッパブランドが多い。スーツやシャツはオーダーメードだけど、選ぶ生地は自然にそうなっている。

「このモール内には確か駿の好みそうなブランドも出店していたと思うわよ」

亜里沙さんは何気なく言って、レディースフロアに足を進める。

亜里沙さんは、駿くんに会いたいとかそういったことは私には一切言わない。でも不意に過去を匂わせる発言をする。私と亜里沙さんの共通の相手は駿くんなのだから仕方がないし、一切話題に出さないのもおかしいのだけれど、こんな時私は少しだけもやっとする。

亜里沙さんはもう、駿くんを友人としか思っていないはずで、そばには神薙さんだっている。何気ないセリフに穿(うが)った見方をして、勝手に妙な気持ちになるのは、私の問題なのだろう。

「結愛ちゃん、これなんかどう？」

「え？　私ですか？」

亜里沙さんがあててくれたのは、スカート部分がシースルーになっているワンピース。裏地の模様が透けて見えて、ラインはふんわりかわいいのにデザインが大人っぽい。ウエストのベルトがアクセントになっている。

全体的に亜里沙さんのようなキャリア向けのショップのため、私にはあまり縁のないオフィス系の服が多かった。

「なんだか大人に見えます」

「こういうのはね、若い女性が大人っぽく着こなすからいいのよ。年相応で着ちゃうと逆に老けて見えちゃうし。アウトレットだから、流行とはずれてしまうけど、そこから探すのも楽しいわね」

私は亜里沙さんから、これと、これ持っていてと言われて、彼女が選んだ服を手にした。

　亜里沙さんは楽しそうに服を選んでいる。

　これは生地が安っぽいとか、定番デザインだけどしっかりしているとか言うのを聞いていると、目が肥えているんだなと感心する。

　亜里沙さんは他にも、袖がレースになったブラウスに、七分袖のノーカラージャケット、臙脂の千鳥格子のスカートを私に持たせた。

「はい、結愛ちゃん試着室へ行くわよ！」

「え？　私が着るんですか？」

「そうよ。値段もお手ごろだし、デートにもぴったり。今日は結愛ちゃんには私の着せ替え人形になってもらうんだから！」

「それは楽しそうだね」

「朗さん！」

「試着の時にはいていいんだろう？　ついでに亜里沙さんはこれを試着してね」

　神薙さんもいくつか女性物の服を手にしていた。

亜里沙さんの服装は基本的に清楚でお嬢さまっぽい。テイストにどことなく甘さが漂うかわいらしい感じだ。神薙さんの手には、タイトなラインの黒いワンピースや、ジップアップのレザージャケットなどがあった。

私と亜里沙さんは、お互い自分では選ばないテイストの服を試着する羽目になった。


亜里沙さんは本当に、色っぽいものや、ハードなテイストの服は着たことがなかったらしく、私以上に恥ずかしがって試着室からなかなか出てこなかった。

私だって、大人っぽくって浮いているんじゃないかと心配だったけど、ワンピースのスカート部分がふんわり広がっているおかげで、それほど浮いていない感じがする。

神薙さんも「大人っぽくていいね」と褒めてくれる。

駿くんの隣にいても違和感のない服も持っていたほうがいいんだろうなあと、亜里沙さんが選んだ服を着てちょっと思った。

駿くんは背伸びする必要はないし、結愛らしいもので構わないと言うけれど、少しは冒険してみてもいいかもしれない。

「亜里沙さん、結愛ちゃんとても似合っているよ。早く出てきて見ないと、次の服に着替えさせるけど」

「見たいっ、結愛ちゃんの見る！」

亜里沙さんは慌てて試着室から出てきた。

「すごい……亜里沙さん素敵」

「ああ、いいね。とても似合っている」

「……そう？　着慣れなくて、なんかそわそわしちゃうんだけど」

「髪をアップにして、そうだな、メークもきりっとしたものにすれば随分雰囲気が変わる」

「丈も短い気がする……」

「綺麗な足をしているんだから、ぜひご披露してもらいたいね。うん、値段が手ごろだからどうかと思ったけどラインも綺麗だ。君が着ればグレードが上がる」

「朗さん、褒めてもなにも出ないから！　結愛ちゃん！　すっごいキュート。それいいと思うわ」

「亜里沙さんも素敵です」

「さあ、もう一組も着て見せてよ、お嬢様方」

私と亜里沙さんは顔を見合わせて、ふたたび試着室に入った。

ワンピースを脱いで、別の服を着ながら、亜里沙さんと神薙さんのやりとりを思い出す。

神薙さんと二人一緒にいる姿をこうして間近に見て、私は少し安心していた。

亜里沙さんには神薙さんがいる。

彼女の言う通り、駿くんとのことはもう過去になっているのだと思えた。

同時にそんな安堵の仕方をしている自分に、苦笑がもれる。

私はいつから、こんなふうに人を疑ったり、うらやんだりするようになったんだろう。

駿くんを好きだと思う気持ちは、あたりまえにあって、温かくて嬉しいものだった。

いなくなれば寂しくて、帰ってきたら嬉しくて、すぐにまた会いたいと思ってしまう。

でも今は、そんな温かな感情だけじゃない。

私の目の前にいる駿くんは昔から変わらない。

でもパーティー会場で見た彼は、高遠家の御曹司として私の知らない顔をしていた。仕事をしている時の駿くんなどまったく知らないから、彼があらためて立場のある人なのだと思い知った。

亜里沙さんと再会して、亜里沙さんと別れたあとの駿くんの過去も想像した。

今までは、年の差を考えれば仕方がないと割り切っていたはずなのに、彼はどんな女性たちと恋をしてきたのだろうと考えてしまう。

私でいいのだろうか。

本当に彼の隣にいて、いいのだろうか。

不意に出てきてしまう感情。

こんな時、矢内の養女であることが、ものすごく私にとってネックになる。

矢内の養女にならなければ、駿くんとの接点さえなかったというのに、その事実には目をつぶって。

「結愛ちゃん、着替えに手間取っているなら手伝うわよ」

「いえ！　大丈夫です」

私は慌ててノーカラーのジャケットを羽織（はお）った。ジャケットなんか必要なくて着たことがなかったから、すごく大人になった気がする。なんだか、かしこまった場で着られそうな格好だ。

千鳥格子のスカートは、色が黒だとかっちりしすぎていたかもしれないけど、臙脂のおかげで雰囲気がぐっとやわらぐ。

試着室を出ると、先に亜里沙さんが神薙さんにお披露目していた。

膝下丈のタイトスカートに、ジップアップジャケットで、格好いい雰囲気だった。キャリアウーマンってこういう感じというお手本みたいだ。

「亜里沙さん、格好いい」

「格好いいって初めて言われたわ。朗さんに感謝しなくちゃね」

亜里沙さんは恥ずかしそうにしながらも嬉しそうだ。

「結愛ちゃんも大人っぽいよ。ちょっと髪に触ってもいいかな？」

神薙さんの言葉に何気なく頷くと、彼は私の頭の上に帽子をのせた。そうして肩に落ちていた髪を背中にふわりと払ってくれる。

「どう？」

「帽子ひとつで雰囲気が変わるのね。結愛ちゃんにも服にも似合っているわ」

「こうして、まとめてもいいな」

神薙さんは、今度は器用に私の髪をくるくるねじってまとめた。

「朗さん、それ以上女性の髪に触れるものじゃないわよ」

「そうだな、君の言う通りだ。やましい気持ちは一切ないけど、ごめんね、結愛ちゃん」

「いえ、大丈夫です。神薙さんは女性の服を選ぶのが上手ですね」

「妹がいて、散々付き合わされたからね。だから女性の買物には慣れている。さあ、行きたいところは他にもあるんだろう？　次に行こうか？」

「そうだった！」

そうして、なぜか私の服は亜里沙さんが、亜里沙さんの服は神薙さんが支払ってしまった。

私はこういうことは今回だけにしてほしいとお願いして、甘えさせてもらった。


亜里沙さんは、行きたい店をいくつもピックアップしていたようで、広大なモール内を歩き回る羽目になった。本当はもっと見たい場所があったらしいけれど、ひとつの店で過ごす時間が長いため、すべてを網羅できない。

ブランドのバッグや靴はお店に入って一通り見て出てしまう。アウトレットであるせいで、やはり流行とは少しずれていたり、気に入ってもサイズがなかったりして、亜里沙さんは残念そうだった。

それでも、ランジェリーショップでは随分はしゃいで、あれやこれやと私のために選んだ。

私は際どすぎて、着るのは無理だと嘆きながらも、結局ショップバッグを持っている。さすがにその間、神薙さんには他のお店にいてもらったけど。

「お値段は魅力的ねー。人が多いのもわかる気がする！」

「亜里沙さんがアウトレットに興味があるなんて思いませんでした」

「うん、私もこんなに楽しいなんて思わなかった。安さよりも、多くの中でこれっていうのを見つけるのが楽しいんだと思う。それに、ここなら一気にいろんなところを見てまわれるし」

「気に入ったならいつでも送迎しますよ」

「ありがとう、朗さん」

随分遅めの昼食をカジュアルな和食屋さんで済ませて、私たちはそろそろ帰ろうと駐車場へと向かっていた。

神薙さんの両手はいくつものショップバッグでふさがっているし、私たちも手にしている。たくさんの戦利品に満足はしたけれど、さすがに歩き疲れて足が少々痛い。

「あ」

亜里沙さんが立ち止まって声を上げる。

「どうかした？　亜里沙さん」

彼女はなにかを思い出したかのように胸元に手をやる。さぐって考え込むと、彼女は眉毛をハの字にした。

「たぶんさっきのランジェリーショップ……ネックレスがひっかかったからはずしてフックにかけていたの。つけ忘れたみたい」

アウトレットモールは広く、特に今いる場所とさきほどのランジェリーショップとはかなり離れている。

「僕が取りに行こうか」と神薙さんが言ったあとで、ランジェリーショップはさすがに男一人じゃ……と困って呟く。

「私、取りに行ってくるから、二人で先に駐車場に行っていて」

「わかった。ネックレスが見つかったら連絡しておいで」

駆けていく亜里沙さんの背中を見送ったあと、私と神薙さんはショップを見ながらゆっくりと歩いて行った。

こうして歩くと本当にいろんなお店がある。

キッチン雑貨やインテリアのお店も気になるけれど、これ以上の荷物を持ち帰るのは難しい。今度、駿くんがお休みの時にでも連れてきてもらえたらなと思った。

そう考えると、神薙さんの車で連れてきてもらえて、よかったのかもしれない。

亜里沙さんはそれを最大限に利用して、ここぞとばかりに買い物していた。

「車を出していただいてありがとうございました」

「確かにね。これだけ買えば持って帰るのも大変だったよ。お邪魔だったかなとも思ったけど、来てよかった」

「亜里沙さんと……ご結婚なさるんですか？」

今日一日、二人を見ていて感じた。

亜里沙さんはもともと素直で明るい人だけど、神薙さんの前ではさらに飾らずにいた気がした。

神薙さんも、始終穏やかな目で彼女を見守っていた。

仲の良さそうな雰囲気がひしひしと伝わってきて、嬉しいと思うと同時に安堵していた。

「結婚はしない。紹介者にも今回は互いに断りを入れたんだ。今は本当にただの友人として付き合っている。僕たちにはその距離がちょうどいい」

「……すみません。そうとは知らず余計なこと」

思ってもみなかった言葉に、私は立ち止まって慌てて頭を下げた。

神薙さんの言葉に、プライベートなことに口を挟むべきではなかったと後悔した。私から見て仲が良さそうに見えても、大人の男女だ。いろんな関係があるものなのだろう。

「いいよ。彼女の心にはずっとある人がいる。君だって気付いていないわけじゃないんだろう？」

「え？」

駐車場に向かうための通路はトンネルのような空間で、人の気配がない。

亜里沙さんの心の中にずっといる人。

そう言われて思い出す相手は駿くんしかいない。

再会した時から、ずっと疑念は抱いていた。

でも亜里沙さん自身、駿くんとはもう友人だと断言していたし、私をダシにして駿くんに会おうとする気配もなかった。

彼女の言葉を信じ切れずとも、もう大丈夫だと思いたかった。

そんな私の思いを、神薙さんはいとも簡単に否定する。

「留学中の亜里沙さんについて教えてほしいって言っただろう？　彼女はその頃、高遠駿と恋人同士だった。君は知っていたんじゃないの？」

「私は……」

過去の二人が脳裏に浮かんでくる。私は直接聞いたわけじゃない。でも、駿くんと亜里沙さんが親密な関係だったのには気付いていた。

亜里沙さんは……やっぱり、今でも駿くんが好き？

「どうして君なんだろうね。高遠駿なら、どんな女性も選べる立場にある。十歳も年の離れている上に、大学に進学もせず社会経験もない子どもを選ぶ必要なんかない。亜里沙さんでなく、どうして君なのか考えたことある？」

神薙さんはなんてことのない口調で、一緒にショッピングを楽しんでいた時と同じ穏やかさで、私の目の前にいた。

優しげな表情は笑みさえ浮かべそうだ。

どうして、私だったか？

亜里沙さんでなく、もしくは他の女性でなく、私を選んでくれた理由なんて駿くんにしかわからない。

「ただ好きになってくれただけ」、そう答えればいいはずなのに、私の口は言葉を忘れたかのように閉じたままだった。

「君は養女なんだろう？　高遠駿との婚約がなければ危うい立場に置かれるし、育ててもらった恩もある。だから君は矢内の家のために、高遠駿と必ず結婚する必要がある。君は大学にも進学せず、高遠の屋敷に入り、十歳も年の離れた男との婚約に縋りつくしかなかった。高遠駿は幼い頃から見守ってきた上に、不遇な立場になるとわかっている君を今更見捨てることはできない。だから君たちは結婚するのだと、巷では言われている」

　私はガツンと頭を殴られたような気がした。

　傍から見える自分たちの関係を聞かされ、そしてそんな穿った見方をされている現実にすっと背筋が凍る。

　自分の今いる場所が、ぐにゃりと歪んでいく。

「互いに愛し愛されているから結婚するなんて、周囲はそんな目で見ていない。君たちの関係は歪だ。彼は君を欲しているんじゃなく、見捨てられないだけだし、君も彼を欲しているわけじゃなく、縋りつきたいだけにしか見えない」

「……う、違うっ！　そんなことないっ。駿くんは……自由に選べる立場にあります！　それでも私を選んでくれた。ただ私を……」

「そう、君と違って彼は選べる立場にある。なのに、どうして十歳も年の離れた君を選んだと思う？　彼が本気で君を欲していると思うの？　学歴も社会経験もない、二十歳になったばかりの子どもみたいな君を」

　心の中に真っ黒なものが渦を巻き始めた。

　必死で抑え込んでいたものが、私に襲い掛かってくる。

　パーティーで言われた「子ども」「ふさわしくない」という言葉がふたたび刃となって突き刺さる。

　そんなこと他人に言われるまでもなくわかっている。

それでも駿くんは私を……

本当に彼は私を選んだのだろうか――

『結愛が二十歳になっても気持ちが変わらなかったら』……そう言われ続けた。

最初は矢内家での私の立場を守るためだけの婚約。

でも十六歳のあの時のキスから気持ちが変わったのだと、駿くんは言ってくれた。

私が大人になるのを、二十歳になるのを待ってくれて「結婚しよう」とプロポーズしてくれた。

「結愛が好きだ」そう言ってくれた。

「君は仕事をしている高遠駿のことをなにも知らないだろう？　高遠グループで仕事をする彼はどこまでも冷静で、時には冷酷(れいこく)な判断をすることもある。そんな男がなんのメリットもない十歳も年下の君を、ただの恋愛感情だけで選ぶと思っている？」

どんな相手も選べる立場にある駿くんが、私を選ぶメリットなんかない。

矢内家と関係を持ったところでプラスなんてほぼないし、なにより私自身は矢内家との血の繋(つな)がりがごく薄いのだ。

「君は……彼に利用されているだけだ。現に君はなにも知らない。知らされていない」

神薙さんは両手をふさいでいた荷物を片手にまとめると、胸ポケットに手をさし込んだ。

そして、取り出したものをおもむろに私に向けた。

それは一枚の写真。

どこかの家のお庭らしき場所で、花と一緒に写っている女性の姿に、私は思わず手を伸ばす。

神薙さんは拒むことなく、私は震える指先でそれを掴んだ。

そしてじっと見つめた。

私は今まで、実父の写真は見せてもらったことがあったけれど、実母の写真だけは見たことがなかった。

実母については『どんな女性かはわからない。事情があって身を潜めていた人らしいということしかわからない』と、駿くんから教えられていた。

でも誰に言われずとも……この写真が実母であることは一目瞭然だった。

とても……とても私によく似ているから。

今の自分のような年齢の実母の写真に、みるみる涙が浮かんでくる。

「ど……して、どうして神薙さんが！」

「僕だったら君に真実を教えられる。その上で道を選ばせてあげる。彼に利用されたくなければ、君は僕の手を取るべきだ」

私は反射的に首を左右に振った。

神薙さんの言葉の意味がわからない。真実だとか、利用だとか、不穏な言葉ばかり並べられてわけがわからないのに、黒くて重い塊が胸の中に小さく生まれる。

すぐさま反論できないのは、私の手にある写真のせい。

「あなたは……なにを、知っているんですか？」

震える声でそれだけを問う。

私が知らされていないことがある？

駿くんが隠していることがある？

それを神薙さんは知っている？

「それを知りたかったら僕に連絡しておいで。この名刺にプライベートの電話番号とアドレスが書いてある。それから、その写真は君にプレゼントしてあげる。このことは誰にも内緒にするように」

そう話し終えた神薙さんが着信を告げて震えたスマホを取り出して、今いる場所を教えていた。おそらく相手は亜里沙さんだ。

動揺している私に構わずに彼は何事もなかったかのように振る舞う。会話の内容から亜里沙さんがすぐ近くにいることがわかって、私は慌てて写真をバッグにしまうと、涙を拭った。

心臓がどくどくとうるさい。

そのたびに胸の中に生まれた黒い塊が大きさを増していく。

実母の情報はほとんどない。

神薙さんがどうして実母の写真を持っているのか、どういう知り合いなのか、彼の言う真実とはなにか。疑問がぐるぐるまわって、世界が歪んでいく。

なにより、駿くんが私を利用している、という言葉。

亜里沙さんと合流してからどうやってお屋敷に戻ったかわからないぐらい、私はひどく動揺し、混乱していた。

◆　◆　◆

数日後、私はいつものようにお屋敷で花を生けていた。

それは花を見つめる作業ではなく自分を見つめる作業なのだと教えてくれたのは大奥様だった。

自分が養女だと知った十六歳の夏。

その年の秋に大奥様は、避暑先のスイスから帰国してめずらしく数か月お屋敷に滞在していた。

帰国のたびに、私のお茶やお花や着付けなどの習い事が、どこまで上達しているかチェックしてくれた。

その時も『お花を生けて見せて』と言われて、私は大奥様の前で取り組んだ。

清さんからも『最近ムラがありますね』と注意ばかり受けていたから自信がなかった。

案の定『迷いや悩みが満載のお花ねえ』と言われてしまう。

でも大奥様は『それでもいいのよ』と言ってくれた。

『結愛ちゃんはまだ若いもの。今はいろんなものを外に出していい時期だわ。年を取るごとに人はそうできなくなる。今しかできない生け方もいいものよ』と朗らかに。

このお屋敷にお花を飾るのは清さんと碧さんと私の三人で、一週間交代で受け持っている。

月曜日の午前中に馴染みのお花屋さんから季節のお花を届けてもらって、部屋に合わせて生け方を変える。

どの部屋にどんな花を飾るか、どの花器を選ぶか、どんなアレンジをするかはすべて担当に任される。

私は和室で、最後のお花を生けていた。

高遠家のお屋敷は洋風建築だけれど海外賓客向けの和室があるし、縁側からは和風庭園も見える。それらはお屋敷の内側に位置するため、お屋敷の外観を損なうことはない。

お屋敷の改築に合わせてお庭も少しずつ変化しているけれど、この和風庭園だけはずっと昔から変わらない。

あえて手を加えないのだと言っていたのは、斉藤さんだったか清さんだったか。

清さんのサロンは一週目が洋の内容、テーブルマナーやコーディネート、フラワーアレンジメントやダンスなどで、二週目が和の内容となっている。

このお部屋はお茶やお花、着付け、書道などで使用される二間続きの和室だった。

私が生けているのは、その床の間に飾るお花だ。

今日、お花屋さんにすすめられたのは小ぶりのひまわりだった。でも私はカーネーションを選んだ。

薄いピンク色のカーネーションを和の雰囲気に合わせて生けてみたものの、大奥様が生きていらしたらきっと『まあ、悩み満載ね』とコメントされていたかもしれない。

神薙さんに渡された母の写真は、私のお気に入りのチェストの一番上の引き出しにしまっている。一緒に彼の名刺もそこにある。

あの日から神薙さんに連絡しようかどうか迷って、結局できないままに時間だけが過ぎていた。

そして駿くんにもいまだ言えずにいる。

亜里沙さんと出かけて、結果的に神薙さんと一緒だったことは駿くんに話した。

そうしたら神薙さんの名前を出した途端、駿くんからはお小言をもらう羽目になった。しかも駿くんは翌日から急きょ海外出張が入ってその準備に追われたせいで話すタイミングを逃したのだ。

駿くんが四月に日本に戻ってきてからは、一泊二日程度の国内出張は何度かあったけれど、海外出張はなかった。

駿くんが海外赴任中に取り組んでいた案件でトラブルがあったとかで、週末には帰ると言っていたのに結局それは叶わなかった。

一緒に暮らし始めて、初めての長期出張に私は今までにない寂しさを感じている。

清さんからは、駿くんがいない間はお屋敷で寝泊まりすればいいと言われたけれど、私は家に帰った。お屋敷には駿くんが使用する書斎がある。でもやっぱり家のほうが駿くんの痕跡がたくさんあるから。

少し前まで、駿くんとは離れているのがあたりまえだった。

長期休みに飛行機に乗って私が会いに行くか、なにかの折に駿くんが日本に帰ってくるか、そういう機会でしか会えなかった。

なのに、たった数か月一緒に暮らして、気持ちを通じ合わせて、肌を重ねてから、会えずにいられた過去の自分が不思議でならない。

どんなに帰りが遅くても必ず帰ってきてくれる。

あまりに夜遅く帰宅して出迎えられない時も、朝は見送ることができる。

駿くんが広げた腕の中に飛び込んで抱き合って、キスを交わして「行ってらっしゃい」と言える毎日が、どんどん大切になっていった。

花器に立てたカーネーションの花が首を傾けている仕草にさえ、寂しさを感じてしまう。

私は視線を逸らして、縁側の向こうのお庭を眺めた。

窓の外に降り注ぐ光が低木の緑を色濃く輝かせる。白い砂利と薄黄緑色の苔、しなやかに伸びた竹や、松の枝ぶりが、庭のアクセントになっていた。

ここからは見えないけれど、奥には小さな池もある。

——いつもはこのお庭を見ていると安らぐのに、今日は心がざわめく。

どうして、あの写真に……

実母のことを考えるとまっ先に、神薙さんの『君は……彼に利用されているだけだ』という言葉を思い出す。

駿くんを疑うなんて……バカバカしい。

利用されるだけの価値が私にあるなら、それはそれでいいじゃないとも考えた。

でも一度綻んだ糸は、そこから簡単にほどけていって形を消してしまう。

ひとつ疑いを持てば、白が簡単に黒に変わる。

積み重ねてきた信頼は呆気なく嘘に塗り替えられる。

駿くんと、神薙さんと、写真と……頭の中をぐるぐるまわり始めて、私は首を強く左右に振って、醜い感情を締め出す。

取り掛かっていた生け花は、これ以上手を加えられなくて、そのまま床の間に飾った。

薄いピンク色の花に合わせて萩焼の桃色がかった花器を選んでみたけれど、なんだかちぐはぐな感じがした。少し残した細い葉が、余計に貧相に見える。

「あとで清さんに手直しお願いしようかな……」

今週のサロンは洋の内容なので、このお部屋を使用するのは、個人レッスンの人だけだ。さすがにこれでサロンを開かれたら、生徒さん達にセンスのなさを見抜かれてしまう。

すると、すすっとふすまが開く音がして、「清さん？」と言いながら振り返った。

部屋に入ってきた人物に驚いて私は目を見開く。

「駿くん！」

「ただいま、結愛。斉藤からここだって聞いた。お花を生けていたのか？」

駿くんの帰国は早くて明日、場合によっては明後日だと聞いていた。

出張から帰ってきても、そのまま会社に行くこともあるから、こんな時間に帰宅するとは思わずびっくりする。

「駿くん……どうして」

「ああ、一日早い便の飛行機に間に合ったから帰ってきた。今日はもう、このまま帰って休もうと思って。ところで、僕は花にはあまり詳しくないけど……なんだか寂しそうだな」

ネクタイを緩めながら、駿くんは床の間の花に目を向けていた。

花はちぐはぐだし、ぐしゃぐしゃだ。

清さんに指導されていたら、やり直しか退出を命じられるぐらい、乱れた心情が表れてしまっている。寂しそうなんてそんな優しい表現をしてもらえるようなものじゃない。

私の中は黒くて汚いもので満ちているのに、彼の姿を見ただけで一瞬で明るい色に覆われた。

駿くん、駿くん、駿くん……！

「結愛、おかえりは？」

駿くんが優しくほほ笑んで腕を広げる。

どうして駿くんは私を選んだの？

どうして十歳も年下の私を好きになってくれたの？

出張を終えてすぐ急いで帰ってきてくれる彼を、私は疑っているの？

私は、いつもと同じように駿くんの腕の中に飛び込んでいく。

今はただ、駿くんが目の前にいることを実感したい。

「おかえりなさい、駿くん」

「ただいま、結愛」

そうして顔を傾けて、ふわりと優しいキスを受け止めた。

二人で家に戻ると、結愛は僕が持ち帰ったスーツケースのタイヤを雑巾で拭いてくれた。それから結愛はそそくさとそれをリビングに運び入れる。「駿くんはシャワーでも浴びて」という結愛の言葉に甘えて、機内での疲れを洗い流した。

『駿さんが帰ってきたんですから、今日はお休みして構いませんよ』という斉藤や清さんの言葉にめずらしく結愛は素直に頷いた。

急に予定を変更したのは僕だから、彼らがそう言ってくれるのはありがたい。

同時に彼らもずっと結愛の様子がおかしいのを心配していたのが伝わった。

一緒に暮らし始めてから、初めての長期出張。

それも突然のことだったから、結愛になんのフォローもできずに慌ただしく出発することになった。いつもならインターネット電話などで頻繁にやり取りするのに、時差もあったしトラブルが原因だったこともあって、なかなか時間を取ることもままならなかった。

だから清さんから『結愛ちゃんの様子がおかしい』と言われて、気になっていた。

僕が仕事で行っていることはわかっているから、滅多なことがなければ清さんだって言ってこない。『なにがどうというわけでもないけど、らしくないミスが多いんですよ』や『ぼんやりしていることがあって』と不安がっていた。

遠くにいるのがあたりまえだった頃は平気だったことが、一緒に暮らし始めて、彼女の誕生日に一線を越えてから、耐えられなくなった。

帰る場所があることが、これほど人を弱くするとも思わなかった。

曖昧な関係で離れて暮らすことと、これからも一緒にいると決めてから離れるのとは意味が違う。たとえ僕と結愛の間の距離が変化しても、これまでと変わらずにいられると思っていたのに、現実は違う。

颯真に語った『二十歳になる前日にでも結愛が望めば婚約解消する』なんて余裕は、もはやない。仕事の目処が付くと同時に、日本に帰る飛行機を手配してしまうぐらいには。

バスルームを出てリビングに向かうと、スーツケースはすでに空になっていた。洗濯するものが端に寄せられている。結愛はダイニングルームで、僕が持って行ったスーツを広げていた。

「あ、駿くん。ここのボタンが取れかかっていたからつけたよ」

「ありがとう。気付かなかった」

「仕事に一生懸命だと気付かないよ」

結愛はいつの間にかなんでもできるようになった。

十年前、十歳だった時には『「お裁縫クラブ」に入ったんだよー』と言って初めて作ったぎこちない出来のフェルトの小物入れを見せてきたのに。

他にも、調理実習で作り方を覚えたのだと、クッキーを焼いてくれたり、中学生になると手編みのマフラーをくれた。

お正月に会う時には、着付けの成果を見せるために着物を着て、大人ぶった風情でお茶を振舞ってくれた。

僕の曾祖母(そうそぼ)を中心に、清さんも一緒になって結愛を「高遠家の嫁」として育ててきたようなところがある。結愛はそれを「お屋敷でのお手伝い」としか認識していなかったけれど。

もし彼女がそういったことを苦(く)にするなら、教えなくても構わないと言うつもりだった。

けれど幼い頃からうちに出入りして、それをあたりまえに享受(きょうじゅ)してきた結愛は日常としてすんなり受け止めた。

与えられるものを素直に吸収する。

それが変化したのは高校生になってから。

「お屋敷でのお手伝い」が「僕の婚約者になるための修業」に変化して「駿くんにふさわしい女の子になりたい」からと、これまで以上に積極的に取り組むようになった。

『私が教えられることはすべて教えたい』そう清さんに相談された時、結愛の負担にならない程度にとだけ言った。花嫁修業的な内容のものはもちろん、いずれは僕の仕事のサポートぐらいはできるようにと、会社や仕事に関することは斉藤が受け持った。

そして、ありとあらゆる資格試験に挑戦して取得していった。

結愛の高校三年間は、それで埋(う)まったようなものだ。

高校の勉強、資格取得の勉強、屋敷での手伝いと称した花嫁修業。

巷(ちまた)の高校生のように遊びまわることもなく、自宅と学校と屋敷を往復する日々。

僕は結愛がどれだけ努力してきたか知っている。

そして今も……大学進学せずに人生で唯一のモラトリアムの時期を過ごすこともなく、ここにいる。

白い半袖のシャツに黒い膝丈のスカートは、お屋敷で働く時の格好だ。

くせのないストレートの髪を一つに結んで、覚えたての化粧をうっすら施して、スーツのボタンを苦もなくつける二十歳になったばかりの女の子。

「駿くん、なにか食べたいものとかある？　時差ボケがあるならベッドで休む？　ふふ、平日のお昼前から駿くんがいるなんて不思議な感じ」

僕が留守の間も家を綺麗に保ち、僕の帰りを素直に待って、くるくる動いて家事をこなす。

「結愛……会いたかった」

僕の理想のお姫様に成長した結愛。

実は今回の出張中、いきなり亜里沙が海外まで会いに来て……僕に告げた。

『結愛ちゃんが五歳の時から婚約していたの？　あの子は矢内の養女なんでしょう！　駿はずっとあの子に縛られてきたんじゃない!!』

僕が日本に戻り、結愛が少しずつ表に出るようになって、様々な噂を耳にして亜里沙は知ったらしい。

一部の周囲が僕と結愛の関係を、曲解していることは知っていた。

いや、そんなことは一番身近にいる颯真だって思っていることだ。

けれど、どうして僕が結愛に縛られていると思うのだろう。

五歳だった彼女を縛り付けたのは僕のほうだと、どうして思わないのだろう。

『彼女が大人になって……それからあなたたちの関係が始まったのだと思っていた。駿の選んだ相手が、かわいがっていた結愛ちゃんなら仕方がないって何度も思い込もうとした。私も妹みたいに思っていた彼女なら、って！　でも、五歳からずっと婚約していたなんて、じゃあ私はなんだったの？　駿があの子を守らないといけないから、だから私たち別れたの？』

泣きながら叫んだ亜里沙に、僕は何度も『僕たちの別れに結愛は関係ない』と説明したけれど、聞き入れてはくれなかった。

亜里沙が結愛に近付くのを……これまでは許してきたけれど、今後どうするかは考えなければならない。

僕はいつもと同じように、腕の中に囲んで結愛を抱きしめる。

お屋敷に、お屋敷の敷地内のこの家に、そして僕の腕の中に、僕は幾重もの檻を重ねて彼女を閉じ込めている。

「今すぐ、結愛が欲しい」

「駿くん……」

「こうなるって、わかっていた。一度でも結愛をこの手に抱けば、きっと僕は君を離せなくなる。離れているのが耐えられなくなる。早く会いたくて帰ってきたんだ。結愛が僕のものだって実感させて」

結愛は恥ずかしそうに目を伏せる。そして頬を染めて僕を見上げてきた彼女は「私も駿くんが欲しい」と言った。

寝室は変わらず綺麗に整えられていた。北側の窓から差し込む光はやわらかく部屋を照らす。遮光性のカーテンを閉めて部屋を真っ暗にすることもできるけれど、僕はあえてそうしなかった。

「僕の出張中もお屋敷に戻らなかったんだって？　一人で寂しくなかった？」

僕はベッドの上で結愛のシャツのボタンをはずしながら聞いた。結愛は僕の疲れや、微妙な時間帯であることを気にして、わずかに戸惑っている。

「うん……ここで寝たほうが、駿くんの匂いとか残っているし、安心するから」

「結愛、ここで僕を煽るの？」

「あおる？」

「優しくできなくなるって意味」

僕は結愛を全裸にすると、結んでいた髪をほどいてベッドに押し付けた。

淡い光の中で見る裸体は、どことなく幼さを残す。

結愛は恥ずかしいのか顔を横に向けてはいたが、体を隠そうとはしなかった。

抱く前の体は、硬い蕾……たとえば桜ならまだ花びらの片鱗さえ見えない、茶色く閉じた蕾のようだ。

こんな時、小さな罪悪感を持たずにはいられない。

二十歳という約束にこじつけて、花も咲いていないのに手折った。

なにも知らない、なんの色にも染まっていない、無垢な心と体を。

それを僕は自由にすることができる。

そして硬い蕾を、僕の手で開かせた。

「結愛、僕を見て」

「ん」

彼女の頬に手をそえて、覆いかぶさった。わずかに怯えながら、それでも奥に熱をこもらせて僕を見上げてくる。

いつからだろう、結愛の目の中にこの熱を感じるようになったのは。

縋るように濡れた目で見つめてくるその時の表情が、女にしか見えなくなった。

色を湛え、欲を滲ませ、隠せない想いを少しずつこぼしてくる。

僕は結愛の唇を指で割って唇を重ね、舌を伸ばした。その暗い穴の中にすんなり受け入れてもらえるのは僕だけだ。奥に閉じこもっていた舌を見つけると、ゆっくりと舌先をこすりつけた。上下に小さく揺らすと結愛も応える。お互いに舌を突き出し、舌先だけを絡め合った。

「寂しかった？　僕がいなくて。僕は寂しかった。結愛がいないのには、もう耐えられない」

「私も寂しかった。昔は我慢できたのに……私、欲張りになった気がする」

「結愛はもっと欲張りになっていい」

「そんなこと言うと、お仕事についていっちゃうよ」

「そうだな。緊急の用事じゃない時は、今度から結愛も連れて行こう」

そう言うと結愛は「そんなこと無理でしょう」と言わんばかりの表情で「楽しみ」と口にする。

僕の言葉を戯言と思っている結愛に、仕返しのようにいきなり胸の先を口に含んだ。舌で小さく揺らすとそれはすぐに硬くなってくる。もう片方は指でくすぐって、小刻みに跳ねる様を楽しんだ。やわらかいのに弾力があって、素肌は滑らかで、僕が与える刺激に素直に反応する。

視線を向けるといつの間に覚えたのか、声を抑えるように指を噛んでいる仕草が目に入った。

「結愛、声は抑えるなって、言っているだろう」

二人きりになるために建てた家だ。どんな声を上げようと、どれだけ乱れようと構わないのに、結愛は声を抑えようとする。

僕は結愛の手を取ると、その手を僕の背中にまわした。結愛の細い指が恐る恐る僕の肌をなぞる。ささやかな動きがくすぐったい。

胸をもみながらキスをする。どこまで届くか試すように舌を奥に入れ、溢れた唾液を互いに呑み合う。耳の中を舌でなぞると結愛の声がくぐもって聞こえた。首筋から鎖骨へ動かしながら、外から見えない位置に強く吸い付く。白い肌に散った赤い花に満足して、僕は赤く色づいた胸の先の周囲にもそれを散らしていった。

「駿くん、胸ばっかり！」

「嫌？」

「いやっ、じゃない、けど、んんっ」

脇の窪みに口づけると、結愛が一際大きな声を上げた。僕はまだ結愛の気持ちのいい場所をすべて把握しているわけじゃない。だからひとつひとつ試して覚えていく。

「そこはだめっ、汚いよぉ」

脇の汗が気になるのか、結愛が「だめ」と拒否をする。最近はこの言葉を聞くと、むしろ追い詰めたくなるようになってきた。いつかはこの言葉を言うことさえ禁止したい。

首筋に汗が滲む。上気して染まる頬や、眉根を寄せるその表情にさえ女を匂わせる。

見知らぬ結愛がまだいることが嬉しくもあり、くやしくもある。

こりこりと硬くなった胸の先の感触を楽しみながら、脇の下から腰、太腿へと手を這わせた。僕の手で、どこまで濡れてくれるだろうか。どこまで耐えられるだろうか。そんなことを知りたくて、あえて敏感な場所は避けた。

胸からおへその中にくるりと舌をまわし、太腿を下から上へ舐め上げる。丸い膝小僧をなでて、僕は彼女の足を開いていった。

反射的に結愛は首を左右に振るけれど拒否の言葉は出ない。力の入った足もすぐに素直に動いていく。あえてゆっくりと彼女の足を左右に開き、倒していく。

「駿くん」

甘い声で僕を呼ぶ。

両手で顔を隠して結愛は羞恥に耐えていた。素面だと、好きな男にあられもない姿を平気で見せられるほど奔放にはなれないようだ。顔を隠すために寄せた腕が、どれだけ胸の形を卑猥に見せつけるかなんてわかっていない。

自然光が淡く満ちる部屋は、なにもかもをありのままに見せてくれる。

すると、そこには一切触れていなかったのに、結愛の秘所は光を反射させて煌めいていた。

「結愛……濡れている」

反射的に閉じようとした足の動きを封じる。結愛は小さく「言わないで……」と呟いた。結愛自身さえおそらく見たことがない場所、他の誰にも見せることのない場所。それを僕だけが目に焼き付けることができる。ひくりと閉じては開きかけて溢れてくる蜜が、腿を伝っていく。

「僕に見られて感じている？」

「やあっ、見ないで！　駿くん」

結愛の体が震える。泣きそうな声を上げたらいつもならすぐに慰めてあげるのに、こんな時は聞いてあげられない。子どもの色をそこかしこに残しているくせに、その部分だけは大人であることを主張するから。

「見るのは僕だけだ、結愛」

顔を覆っていた手をはずすと、僕は彼女の手を自身の膝に置かせた。目を閉じて羞恥に耐えながらも、僕に誘導されるがままに結愛は自ら足を広げた姿勢になる。手と足とが小刻みに震えているけれど、それでも素直に応じてくれる。

「結愛、かわいいよ」

目じりにうっすら滲んだ涙を舌で拭うと、僕は結愛の唇をふたたび塞いだ。同時に開ききった足の間に指を埋めていく。二本の指を入れると、ぬめりきったそこは熱に満ちていた。彼女が僕にさらけ出す上下の隙間。上の口は舌で、下の口は指で埋めていく。

舌も指もわざと水音がたつように動かす。思わずもれる喘ぎ声も僕の口内に溶けていく。唾液が溢れると同時に、結愛の奥も蜜が湧き上がってくる。僕が引き出す彼女の水分は、甘い毒のように体を巡っていく気がした。

外側の弱い部分に指がかすると、びくりと震えた結愛の舌が僕の舌を締め付けてきた。快感に流されて動きがコントロールできなかったのか、結愛の手が僕の背中に強くまわされて、しがみついてくる。

「あっ、あんんっ……駿くんっ!! んんッ」

声が聞きたくて唇を強引にはずすと、唾液とともに放たれる。

「あアッ、やあっ……」

高く甘い声を聞きながら、耳朶や首筋を舐めていく。すっかり膨らんだ花芯を指で押さえつけると、喘ぎがますます大きくなった。

寝室に満ちる卑猥な音色。吐息と声と水音と、いやらしいもので形づくられる世界には僕たちしかいない。

乱れて堕ちていく結愛の姿を、僕はいつまでも見つめていた。


飛び散る蜜を口で受け止める。

結愛のそこは、僕に味わわせるために溢れさせているのか、それとも溢れているから僕が口にしているのかわからない。とにかく僕は、ただ唇にするのと同じようにキスをする。

そこは、結愛のもう一つの唇。花芯を舐め上げる。男と同じように小さく勃起した、彼女の弱い部分。唇ではさんで優しく吸い上げると、結愛は甲高い嬌声を上げて、足をぴんっと伸ばした。僕の顔をやわらかな太腿ではさんで、自らも高みにのぼろうと全身を硬直させる。うねる膣内からこぼれ出る蜜に合わせて空気がもれるのか、激しく収縮する音が聞こえた。か細い指が僕の頭をひきはがそうと動きかけて、逆に押し付ける。行き過ぎた快楽は思考を混乱させるのだろう。言葉にならないなにかを叫んだ彼女は、体をぴんっと張りつめ、それから弦のようにしなって、脱力した。

「はっ、あっ、駿くん……」

激しく達した結愛が僕に視線をよこす。目じりに涙を浮かべながら流し目で僕を見上げる横顔は、欲望を滲ませる。達すれば、物足りなさを体は訴える。快楽のスイッチが一旦入ると、本当に欲しい場所がどこかは体のほうが伝えてくる。

それは結愛だけじゃない。僕だって同じだ。痛いほど張りつめた場所は、優しく温かく包み込む場所を欲している。吐き出してしまいたいと先端が痺れてくる。

「結愛……欲しい？」

「………」

「僕が欲しい？　結愛」

恥ずかしげにうつむいているけれど、僕がなにを求めているか彼女はわかっている。

「駿くん、欲しいよぉ」

手を伸ばして僕に縋りついて結愛が叫んだ。

僕は彼女の望むまま、繋がり合う場所にそれを押し付けた。

「あっ、ああんっ」

ゆっくりと結愛の中を味わいながら押し進めていく。最初だけは僕が入るのを拒むように閉じているのに、入り口を抜けるとふわりと包み込んできた。温かな毛布にくるまれるような感覚。そうして僕が抉るたびに、かすかに開いた唇からは快楽の声がもれる。

女の顔をする結愛を見ていたいけど、僕はたまらず唇にキスをする。空いた手で胸をもみ上げ、彼女の敏感な場所すべてを攻めて、腰を打ちつける。

「結愛、足を絡ませて」

もっと密着したくて言うと、結愛の足が僕の背中に絡む。

一緒に腕もまわされて僕は彼女に抱きしめられながら奥を突いた。汗とも唾液とも蜜ともつかない水分をいたるところにまぶし、境目さえもなくしていく。

「はっ、あんっ……しゅ、く……」

結愛自身も反射的に舌を絡ませ、腰を揺らし胸の先を押し付けてきた。

「くっ、結愛、きついっ」

「もっと、もっと激しくして、気持ち、いいよぉ」

しぼり取られそうになって動きを緩めると、結愛は足りないと泣き言を口にする。彼女の願い通り動いてあげたいけれど、きっとイく前に僕が先にだめになる。快感を覚えたそこは貪欲に蠢き、自分が気持ちよくなるためだけに僕を締め付けてきた。

温かくてやわらかくていやらしくて、僕しか入れない場所。

僕は彼女の敏感（びんかん）な部分に指を這（は）わせた。僕が先になるか彼女が先になるか一か八かの場所を嬲（なぶ）り、結愛の嬌声（きょうせい）を聞きながら痺（しび）れるものを開け放つ。

僕にもっと溺れてくれればいいと願いながら、溺れているのは自身だと思った。

◆　◆　◆

駿くんが宿泊のお客様を受け入れなくなってから、私たちお屋敷スタッフの勤務体制も少しずつ変化している。

宿泊者の食事をメインに担当していた料理長は、腕を振るう機会が減った。

今まで長期の休みが取れなかったからと、これを機会にお休みしている。

短期修業の名目（めいもく）で二週間ほど海外のレストランの食べ歩きに行っているそうだ。

奥さんである碧さんはサロンの手伝いがあるため、お屋敷に残っていた。

碧さんに「一緒に休んで行かなくてよかったの？」と聞いたら「仕事メインで行っているから、ついて行っても意味がないのよね。ここにいたほうがあの人も気兼（きが）ねなく勉強できるし」とのことだった。

今日は金曜日だけれど、お屋敷での仕事はお休みだ。

サロンをお休みにして斉藤さんと清さんが設計士さんに会うことになっている。

このお屋敷の広大な敷地内に、レストランをオープンさせようという計画が上がっているのだ。

今日は、駐車場の確保やお客様の動線など敷地内のどこに建築するか話し合うらしい。料理長が海外をまわっているのもその計画の一環だった。

昔、このお屋敷はお客様をもてなすために利用されていた。

高遠家の家族が住んで、大事なお客様を宿泊も含めてお世話をする。その流れがずっと続いていた。けれど大奥様が亡くなって、ひ孫である駿くんがこのお屋敷を継いで、その維持管理の経費の金額に驚いたらしい。またこの辺りの土地でこれだけの広さがあると税金だけでも高額になった。

本当は駿くんのお父さんからは売却の提案もあったのだ。

けれど駿くんはこのお屋敷を残したいと願った。

手始めに土地を分筆して自宅を建設し、同様に敷地内にレストラン併設を計画した。

サロン運営もレストラン経営も、このお屋敷を守るための手段だ。

そうすればレストランで食事の提供ができ、料理長は宿泊客がいる、いないにかかわらず腕を振るい続けられる。

料理長には「独立しないか」という話がたびたびあったのだという。

けれどこのお屋敷には恩があるからと頑なに断っていたらしい。

敷地内でのレストランオープンは、料理長にとっても駿くんにとってもプラスになるものだった。

設計士さんはこの自宅の建築でもお世話になった方だ。お屋敷やお庭の雰囲気を壊すことのない建物を提案してくれるに違いない。

私は「結愛も意見をちょうだい」と駿くんに言われたので、店舗建築の掲載されている雑誌をテーブルに広げて眺めていた。

料理長は和と洋の両方を取り入れた創作料理を中心にやりたいと言っていた。

だから建物もそんな雰囲気がいいかもしれない。床材の色や素材、壁や天井、設置するテーブルや椅子、そんなものを考えるだけでわくわくしてくる。

家を建てる時に参考にした雑誌も引っ張り出していると、スマホが鳴った。

相手が亜里沙さんであると気付いて、私は少しだけ躊躇った。

アウトレットモールに一緒に行ったあと、亜里沙さんはお兄さんの仕事の通訳として海外出張に同行している。だからそれ以来会っていない。

もしまた神薙さんが一緒に行きたいと言い出したらと思うと、なんとなく会うのが億劫になった。

実母らしき写真の件について、私は結局、考えるのをやめた。今はまだ気持ちの整理がつかないし、神薙さんと話をするのが怖いから。

それに駿くんからも、亜里沙さんも忙しくなってきたようだから遊ぶのを控えたらと言われたし……

私は画面に触れておそるおそる電話に出た。

もし亜里沙さんに誘われても、用事があると言って断ればいい。たとえ会うことになっても、神薙さんが来ないことを確約してからにしようと決意する。

「もしもし」

『結愛ちゃん、今電話しても大丈夫？』

「はい、大丈夫です」

『今日はお仕事、何時まで？』

いつも明るい亜里沙さんの声が、なんだか今日はくぐもって聞こえた。どことなく泣いているような、震えているような声音が気になって、私の決意はあっさり消え失せてしまった。

「あの、今日はお休みなんです。亜里沙さん、なにかあったんですか？」

『……結愛ちゃん、相談があるの。会ってもらえないかな？』

嗚咽さえ聞こえそうに声が途切れて、私は彼女になにかあったのかと心配になった。こんな様子の彼女は初めてだし、なにより相談があると言われれば断りづらい。

「大丈夫ですよ」

そうして待ち合わせ時間と場所を決める。電話で話せるようなことではないようで、亜里沙さんはしきりに『結愛ちゃん、ありがとう、ごめんね』と繰り返した。


待ち合わせをしたのはお屋敷から徒歩十分程度の甘味屋さんだった。古民家を改装したそこはお抹茶やあんみつ、白玉団子やおはぎ、わらびもちや最中など和のおやつを楽しめるカフェだ。ランチタイムにだけ、和食のお膳をいただくことができる。

うちのサロン帰りの生徒さん達もよく利用しているのだと、真尋から聞いたことがあった。

紺色ののれんをくぐって名前を告げると、小さな個室に案内される。むき出しの飴色の梁や、杉板が張られた腰壁と土壁の風情を観察する余裕もなく、木の引き戸を通り抜けた。

和柄のタペストリーが飾られた部屋の丸テーブルの奥に亜里沙さんは座っていた。

いつも綺麗に整えられている髪はどことなく乱れていて、顔色もあまりよくない。お化粧は丁寧で服装も紺色のセットアップで上品だけれど、雰囲気が暗い感じがした。

私は亜里沙さんの前に腰を下ろすと、ぜんざいのついたお抹茶セットを頼んだ。

「結愛ちゃん、来てくれてありがとう」

やわらかな声でにこやかに亜里沙さんは言った。けれど心から笑っている様子はなく、私は少し緊張する。相談があると言われても、彼女の相談にのれるかどうかはわからない。亜里沙さんから見れば私なんて、なんの経験もない子どものはずだ。アドバイスを期待されているとは思えないので、とにかく話を聞こうと決める。

誰かに気持ちを話すだけで楽になったり解決したりすると信じて。

亜里沙さんは肘をついて掌で額を支えていた。

言いたくても言えない、どうしていいかわからない、そんな心の揺らぎが手に取るようにわかる。

「駿と結愛ちゃんは……どうして婚約したの？」

「え？」

「ずっと日本を離れていたから、私知らなかったの。駿が結愛ちゃんを大事にしていることは留学中から気付いていた。妹みたいにかわいがっているんだと思っていた。だからあなたが成長して互いが恋愛対象になって、その上で婚約したのなら仕方がないって。仕方がないって何度も自分に言い聞かせていた……」

うつむいたままの亜里沙さんの声はくぐもっていたけれど、口調ははっきりしていた。

私は神薙さんが言っていた言葉を思い出す。

彼女の心には、ある人がいると。君たちの関係は歪だと……そういう目で見ている輩もいるのだと彼は告げてきた。

「でも、婚約したのはあなたが五歳の時だったって。その上あなたは矢内家の養女。あなたの矢内での立場を守るために駿が婚約に応じたって聞いた。結愛ちゃんは……ずっと駿を縛り付けていたの？」

「亜里沙さん……」

すると控えめに扉をノックする音が届いた。私は亜里沙さんとの会話を中断して反射的に返事をする。扉を引いたお店の人が、お抹茶セットを運んできた。淡々と私と亜里沙さんの前に置く。深い鶯色のお抹茶は、きめ細かな泡がたっている。ぜんざいに丸く浮いた白玉団子も艶やかでおいしそうだ。

食べ物を前にして「おいしいね」って、ついこの間まで二人で笑い合っていたのに。亜里沙さんはぼんやりと顔を上げて、揺らいだ視線を私に向けてくる。

「駿と別れて、いくつか恋をした。それでも心のどこかで、いつかまた……そう期待している自分がいたわ。再会して結愛ちゃんが隣にいる姿を見て、今度こそ諦めよう、きっと諦められる。私は駿のことも好きだけど、結愛ちゃんのことも好きだから大丈夫、そう言い聞かせていたの」

私の中でかちりと音が鳴る。

浮かぶのは「やっぱり」という言葉。

亜里沙さんと会っている間、彼女から駿くんの話題が出るたびに、ドキッとしていた。私から駿くんの情報を聞き出すことも、会いたい素振りも見せなかったけれど、逆に亜里沙さんは意識して出さないようにしていたのかもしれない。

そこに彼女の想いの深さを感じてしまう。

「でも結愛ちゃんが養女だとか、高遠家との繋がりを持つための婚約だとか、そんな噂話を聞いてしまうと、どうしてって思うの。初めから駿と結愛ちゃんは、二人の気持ちなんか無視した、特別な関係で、だったら私と駿が付き合っていたのはなんだったの？　って」

「亜里沙さん！」

私は亜里沙さんが話している途中にもかかわらず、名前を呼んでさえぎった。

「私は駿くんが好きです。私たちの婚約は確かに、私の養女としての立場を守るためだった。でも大きくなるにつれて私の気持ちはちゃんと恋に変化しました。そして、駿くんの気持ちもきっと……」

「駿があなたを好きだって言いたいの!?　十歳も年下のあなたを、いつから女として見たって言うの？　駿は四月に日本に戻るまでずっと海外にいた。遠く離れていたくせに、どうやってあなたを意識するの？　駿はあなたに同情しているだけじゃない!!」

亜里沙さんが顔を上げて、悲痛に叫ぶ。そこには私が憧れていた、お姉さんのような雰囲気は微塵もない。

「……同情？」

「駿は優しいから、昔からかわいがってきた妹みたいな女の子を見捨てられないだけ。だって駿に婚約を解消されたら、あなたが矢内家にいる価値なんかない！　駿はそれがわかっているから、自分からは婚約解消しない。そうでしょう？　あなたから婚約解消を言い出さない限り、この婚約は続いた。駿からは決して断れなかった、違う⁉」

神薙さんも似たことを言った。

婚約を解消すれば不遇な立場になるとわかっている私を、見捨てることはできないのだと。

しかも……神薙さんはむしろもっとひどいことを言っていた。

駿くんは私を利用しようとしていると。

見て見ぬふりをして誤魔化していたものまで思い出しかけて、私は無理やり思考に蓋をする。

「結愛ちゃんだって同じでしょう？　駿のことを好きだからじゃない。好きだと思い込もうとしているだけ。駿に婚約を解消されたら困るから……縋りついているだけ。ねえ……駿を解放して」

私は首を左右に振る。

「思い込みじゃない……私は駿くんが好き。その気持ちだけは嘘じゃない‼」

婚約解消されたら立場が危うくなるから、自分の身を守るために駿くんを好きだと思い込んでいるなんて言われたくなかった。

私だって養女であることを気にしていた。ふさわしくないかもしれないと悩んだ。

でも、私は駿くんが好きだから、諦められなかったのだ。

それに駿くんも私を好きになってくれた。

「駿を好きになる資格なんかないでしょう！　あなたがそばにいるから……駿はあなたに縛られる。他の誰が近付いても、結局あなたを見捨てられない。あなたから婚約解消を言い出さない限り、これは変わらない。あなたに駿を好きになる資格なんかないの……」

「人を……人を好きになるのに資格なんかいるんですか⁉　私が養女であることも、十歳年下であることも、私にはどうしようもないっ。駿くんだって、同情で誰かを選ぶ人じゃない！　私は駿くんを信じている！　駿くんが好きです！」

私は立ち上がって叫んだ。

私の気持ちは私のもので、駿くんの気持ちは駿くんのもの。

周囲がどんな穿(うが)った見方をしても、真実は私たちの間にあればいい。

亜里沙さんは涙を浮かべながら私をきつく睨(にら)みつけた。唇を噛(か)んでぐっとなにかに耐えたあと、隣の椅子(いす)に置いていた荷物から大きめの封筒(ふうとう)を取り出した。

「……こんなやり方、卑怯だってわかっているの。それでも私……なにも知らずに、守られてばかりのあなたに『駿が好き』なんて無邪気(むじゃき)に言ってほしくない」

やや乱暴に封筒(ふうとう)から出した書類を、テーブルの空(あ)いた部分に広げた。

私は食い入るようにその書類に目を通す。

「………これ、な、に？」

「あなたの実の父親だと言われている人とあなたとの、血縁関係の有無(うむ)を調べた調査結果。結愛ちゃん……あなたの実のお母様は誰の子どもを身ごもったのかしら」

矢内の母の弟にあたる実父。その関係で私は矢内家に引き取られた。

母と私は伯母と姪の関係で、颯真くんや和真くんとはいとこ同士のはずだ。

実母は身を潜めて生活していたので、どんな人かはわからない。

私の拠り所は……実父との血の繋がりだけだった。

その書類には、実の父親のはずの名前と私の名前が記載され、血縁関係がまったくないことを証明する内容が書かれていた。

「あなたは矢内とも、なんの関わりもないのよ。誰の子かはっきりしないの。そんなあなたが高遠家の御曹司である駿にふさわしいと思う？　駿を『好き』なんてこれでも言える？　ううん、駿を本当に好きなら……自分がどうすべきかわかるでしょう？」

亜里沙さんは両手で顔を覆ったまま声を震わせていた。

その瞬間、神薙さんに写真を渡されてから、ずっと押し込めていた気持ちが噴き出した。

私の中に巣食っていた大きな黒い塊が、どんっと爆発して私を包む。

私は混乱を隠して、バッグからなんとかお財布を取り出すと、お金をテーブルに置いてその場から逃げ出した。

◆　◆　◆

お屋敷を経由せずに直接自宅に戻る。

午前中に晴れていた空は、薄灰色の雲に覆われている。

淡い光が差し込むリビングで、私はやっと脱力して床に腰をおろした。ぺたんと座り込んで「あ、洗濯物を取り込まないと雨が降っちゃうかも」と思った。

すっと立ち上がって、室内に設置してあるランドリースペースに洗濯物を移動させる。雨が降っても洗濯物を室内で干せるようにランドリースペースを設け、洗濯機は洗面所から独立させてここに置いてある。

私のお気に入りの場所のひとつだ。

綺麗になった洗濯物と、ラベンダーの柔軟剤の優しい香り。室内に入る日の光を計算して、夏は日差しを遮り、冬は光が室内まで差し込むように工夫した。

駿くんは「結愛はよく勉強したね」って褒めてくれたっけ。

洗濯物を入れ終わると、今度はキッチンに向かう。

駿くんは、今夜は家で夕食を食べると言っていたから下ごしらえをしよう。冷蔵庫の中を確かめて、メインをお肉にするかお魚にするか悩む。料理長がいないからお裾分けがもらえない分、一品多めになにか考えなきゃ。

駿くんはなぜか、ひじきの煮物が苦手だ。だから私はポテトサラダの中にひじきを混ぜたりして工夫している。

そんなことを考えていたら、冷蔵庫前の床にぽつんと水滴が落ちた。

私は慌てて涙を拭う。

頭の中にこれからやるべきことを思い浮かべて、それでいっぱいにしなければ。

お風呂掃除もして、ついでに昨日もしたけどトイレも磨いて、それから、それから……

開けっ放しの冷蔵庫がピーピー鳴いた。節電用のアラームに、冷蔵庫だって鳴けるんじゃない、そう思ったら、もうだめになった。

思考は、亜里沙さんが見せてきた書類の文字で埋め尽くされる。

「……っく、ふっ……」

矢内の父と母、颯真くんに和真くん。

十六歳の時に養女だと知った時も、私は泣いた。

彼らのせいじゃないのに、感謝しないといけないのに『どうして、どうして』って責めた。颯真くんと和真くんは『結愛が妹であることは変わらない』そう言って乱暴に頭を撫でてきたっけ。いつも落ち着いている父は涙を浮かべていたし、母は嗚咽をもらして『結愛』と抱きしめてくれた。

愛されている自覚があったから、私はただ泣いて、母の弟である実の父親がどういう人だったか語る母の声を聞いていた。

『弟とは定期的に電話で話していたのに、引っ越したことも女性と暮らしていることもずっと知らなかったの。相手の女性に事情があったみたいで、誰にも居場所は知られたくないからって。いつの間にか結婚して、子どもまでできていて、会いに行きたかったのに拒まれるから、写真だけは送りなさいって頼んだわ』

私の赤ちゃんの頃の写真が矢内の家にあるのは、そういう理由だとその時に知った。

『結愛は私の姪よ。でも今は実の娘。それじゃあ、だめかしら？』

涙声で言う母に『だめじゃないよ』と答えた。

実の母の素性はわからない。

でもあなたは弟の子だから、と母は言ってくれたのに。

「じゃあ……私は、誰の子、なの？　誰の子なのよ!!」

ピーピー泣き叫ぶ冷蔵庫がうるさくて、私は扉を叩き付けるように閉めた。

あの書類は触るのも嫌であの場に放置してきた。あれが本物かどうか調べないといけないとわかっているのに、私にはあれが偽物だと思えなかった。

涙を拭いて立ち上がると、すぐにぼやける視界を何度も手で拭って、お気に入りのチェストに近付く。

一番上の引き出しに、しまいっぱなしにしていた写真を私は取り出した。

私にそっくりな、実母の写真。

私は実母によく似ている。この写真を見ればわかる。

そして……私は、この写真がどこで撮られたものかにも気付いていた。

お屋敷の外観も、周辺の庭も少しずつ変化した。その中で今でもずっと変わらない場所がある。

和室から見える、和風庭園。

中庭に位置するそこは和室から楽しむためだけの庭であるため、手入れはされても配置に変化はない。

この写真はお屋敷の和風庭園で撮られたもの。

そうであるならば……知らないはずがない。

矢内の父も、母も、高遠のお屋敷に昔からいる清さんも斉藤さんも、そして駿くんも。

実母がどんな人か知らないと、口をそろえてみんなは言った。

それは、嘘だ——!!

白いシャツに黒いスカートを着たその女性は、このお屋敷の和風庭園でにこやかに笑っていた。

「なんっで！　なんで嘘ついたの、駿くん!!」

写真のことを駿くんに聞けなかったのは、みんなが「実母のことはよく知らない」と言ったからだ。嘘をついたことに「なにか」の理由があるのだろう。

私が知らないほうがいいのだと、判断した「なにか」が。

きっとそれは私のためだろうから……だから駿くんが話してくれるまで待てばいいと思った。

なのに——!!

写真を引き出した時に落ちて床をすべった名刺を手にする。

神薙さんが語った言葉が、記憶とともに蘇ってくる。

『君は仕事をしている高遠駿のことをなにも知らないだろう？　高遠グループで仕事をする彼はどこまでも冷静で、時には冷酷な判断をすることもある。そんな男がなんのメリットもない十歳も年下の君を、ただの恋愛感情だけで選ぶと思っている？』

「メリット……？　だから五歳の私と婚約した？　だから自分からは婚約解消しなかった？」

自分で口にした言葉に、反射的に首を左右に振る。頬に伝った涙が飛び散った。

違う、違う！　違う!!

神薙さんの言葉に惑わされちゃだめだ。

亜里沙さんの言葉に呑まれちゃだめだ。

『結愛、好きだよ』

そう言ってくれた、駿くんの言葉だけを私は信じればいい。

『君は……彼に利用されているだけだ。現に君はなにも知らない。知らされていない』

そうだ、私は結局なにも知らされていない。

養女だと知ったのも偶然。

実母がこのお屋敷で働いていたかもしれない事実も、偶然現れた神薙さんの持っていた写真で知った。

そして実の父親だと思っていた人がそうでないことも、亜里沙さんから突きつけられた。

私は、なにも知らされていない。

ただ、二十歳になるのを待って、駿くんとの婚約に縋って、彼の「好き」って言葉を信じた。

それがすべて嘘で、ただ私に利用価値があるからだとすれば。

「駿くん……私、知りたいの。駿くんが隠そうとしていること……知りたい。ううん、知らなきゃいけない」

私は、神薙さんの名刺をぎゅっと握りしめて、ぐしゃぐしゃにした。

『僕だったら君に真実を教えられる。その上で道を選ばせてあげる。彼に利用されたくなければ、君は僕の手を取るべきだ』

「駿くんを信じたいの!!」

駿くんが隠しているものを、真実を知りたい。

教えないのは、利用するためではないのだということを。

彼の私への想いを信じたい。

名刺から番号だけを目で拾って、私は電話をかけた。真っ黒なものに覆われた私には、それが唯一の光に見えてしまったから。

仕事中だと思ったけれど、神薙さんはすぐに電話に出てくれた。私が写真について知りたいと言えば、迎えに行くから待ち合わせ場所まで出てきてほしいと言われて、私は近くのスーパーを指定した。

なにもかもが、わからなかった。

母のことを知っているはずなのに、みんなが知らないと言い続けたのはなぜなのか。

私が矢内家とまったく血の繋がりがないことを矢内の両親は知っているのか、駿くんは知っているのか。

私にあるのは「矢内の娘」という肩書だけだった。

母の姪だったから、わずかにでも繋がっていられた「矢内の娘」という立場。

それさえも途切れた。

私にはやっぱりお姫様になる資格がなかった。

ふっと怖い想像が浮かんでくる。

実父は私が自分の子ではないと知っていたのだろうか。

もし知らずにいたのなら……実母は騙して結婚した？　それとも知らなかった？　誰の子かわからないような、そんな付き合いを男性としていたの？

――事情があって身を隠していたようだ……

どんな事情があったの？　逃げまわらなければならないような生き方をしていた？　人様に顔向けできないような人？

だからみんなは「よくわからない」なんて言って、知っていることを誤魔化した？

思考はどんどん深い闇に落ちていく。最悪な想像が次々と浮かんで、駿くんが自分と結婚することで生じるデメリットばかり思いついてしまう。

すっと血が下がって、眩暈を起こしそうだった。

私に知られたくなかったのは、そんな事情が隠されていたからだとしたら。

私は……亜里沙さんの言う通り、駿くんにふさわしくないのかもしれない。

絶望にうちひしがれそうになっていると、見覚えのある車が目に入った。

アウトレットモールに連れて行ってくれた時と同じ車がロータリーに入って、私は開けられた扉に躊躇(ためら)いもせず乗り込んだ。

それが救いになるのかどうかわからずとも、実母についての情報を持っているのは彼しかいない。

そして彼なら、私に嘘をつく必要などないはずだ。

「電話、ずっと待っていたんだよ」

神薙さんは、私の絶望とは裏腹に、初対面の時と同じ優しい穏やかなほほ笑みを浮かべていた。

薄灰色だった雲はだんだんと色を濃くして、ついに耐え切れずに大粒の雨を降(ふ)らせてきた。

思考がぐるぐる巡って、頭痛がする。自分の想像で勝手に自家中毒を起こして、傷付くなんて馬鹿げていると、頭のどこかが冷静にささやく。

同時に、最悪を想定することで、これ以上の衝撃を受けずに済むように防衛してもいる。

「神薙さんは……この写真の女性をご存じなんですか？」

私は声が震(ふる)えないように気をつけながら、即座に切り出した。

神薙さんは意味深に私を一瞥(いちべつ)して、視線をすぐに前に戻す。

「僕は知らない。でもこの写真を持っていた人なら、よく知っていると思う」

「この写真を持っていたのは、神薙さんじゃないんですか？」

「違う。その写真は『ある人』がずっと大事に持っていたものだ」

「ある……人？」

お屋敷の和風庭園で撮られた写真。白いシャツと黒いスカートはお屋敷の使用人である証拠。

実母が、高遠家のお屋敷で働いていたのは明らかだ。

「子どもの頃、聞いたんだ、『この女性は誰なの？』って。その人は『私の大切な人だ』って悲しそうに言った。いつも堂々と威厳(いげん)のあるその人のそういう表情が初めてだったのもあって、すごく印象に残っていた」

私は写真を取り出して、あらためてじっくり見た。

彼女は嬉しそうにほほ笑んでいる。

まるでファインダーの向こうの相手を想っているみたいに。

そうだ……この写真は幸せに満ちている。

私はぎゅっと写真を胸元で抱きしめた。

最悪な想像がそれだけで少し遠ざかった気がして、私はほっと息をついた。額に浮かんでいた冷や汗を手で拭(ぬぐ)った。

「パーティーで君に会った時、その女性だと思ってびっくりした。昔の写真だから年齢は違うってすぐにわかったけど、君はお母さんに似たんだね」

そう、似ている。

お屋敷で働く格好をして同じ場所に立てば、きっともっとそっくりになる。

そして、パーティーで会った時の神薙さんの様子を思い出した。彼はずっと私を視線で追いかけてきた。それはこの写真の女性に私が似ていたせいなのだろう。

「すぐには連絡がこなかったから……興味がないのかと思っていたんだけど、どうして連絡してきたの？」

「やっぱり、母のことを知りたいと思って」

私が知った真実を悟られたくなくて、すぐに答えた。

神薙さんがくすりと笑う。

「高遠さんには聞かなかったんだ」

写真のことは内緒にしろと命じておいて、矛盾したことを神薙さんは言ってくる。

いや、もしかしたら彼は、私が駿くんに聞いても聞かなくてもどっちでもよかったのかもしれない。

「君は彼を盲目的に信じているようだったのに……。彼を信じられなくなったか、それとも、別の真実を知った？」

「え？」

「君が高遠さんと婚約しているらしいって聞いて、それからいろいろ調べたんだ。矢内の養女であることや、五歳で婚約したこと。そうしているうちにいろんな符号が一致し始めた。それで、僕はある可能性を確かめたいと思った。だから君に写真を渡した」

フロントガラスにあたる雨音が激しさを増す。低くたちこめた雲は世界を押し潰しそうな暗い色をしていた。けれど、私の抱えている黒い塊のほうがもっと醜悪だ。

駿くんを信じられなくなった？

違う、違う！　私は駿くんを信じたいから、真実を知りたいのだ。

なのに、神薙さんの言葉はどんどんどんどん私を追い詰めてくる。

「高遠駿にいいように利用される前に、君は真実を知るべきだ」

「駿くんは私を利用したりしない……」

「そうかな。僕だったら君にすべてを知らせた上で選択権を与えるよ。心から愛しているならなおさらだ。君には自分で未来を選ぶ権利がある。僕ならそれを助けてあげられる」

くもの糸につかまる虫のように、彼の放つセリフに絡めとられていく。

心から愛しているなら隠さず真実をさらす。

「君が望むなら、この写真を持っていた人のところへ連れて行く。どうする？」

駿くんが私を利用しているとは思いたくない。彼の気持ちを疑ったりはしたくない。

でも私は、実母のことを知りたいのだ。

駿くんが隠していることを知りたいのだ。

どんな人かわからないと、嘘を言わねばならないような女と、どこの誰とも知れぬ男との間にできた子どもである自分が……本当は何者なのか。

私は口内に溜まっていた唾をごくりと呑み込んだ。

私の実母の写真を持ち『大切だった』と言ってくれる人。その人に会えば実母のことがわかる。どんな人かわかれば、本当の父を知る手がかりを得られる可能性もある。

「行きます。会わせてください」

どんなことを知ったって、これ以上に衝撃的なことなどない。

崖の縁に立っている、そんな気がした。

亜里沙さんに言われずとも、私は自分が駿くんにふさわしくないことをわかっていた。

大人になって周りが見えるようになると、高遠家がどういう家で、駿くんがどんな立場の人かわかり始めた。駿くんへの恋心を意識した高校生の時は、その想いに盲目になっていた部分があった。

『駿くんが好きだからふさわしい女の子になりたい』

『駿くんの手助けに少しでもなれるように』

そういう思いで頑張ることができた。

『結愛が二十歳になるまで待つよ』

駿くんの言葉に縋りついていた。私の頑張りを褒めてくれる笑顔に安堵していた。

私が頑張っていれば、駿くんはお嫁さんにしてくれるのだと信じて疑わなかった。

矢内の養女だとわかったから、なおさら頑張ったのは確かだ。

それは他人に「駿くんにふさわしくない」と言われないためだと思っていたけれど、神薙さんや亜里沙さんが言うように、打算がまったくなかったのかと問われたら、答えられない。

育ててくれた矢内の両親に報いたい気持ち、矢内の親族に蔑ろにされて苦労させた分を返したい気持ちもあったとは思うから。

でも、それはただの付け足しで、駿くんを好きな気持ちに嘘はなかった。

「子ども」だから目障りだと言われ、「同情」で縛り付けていると言われ、どこの子ともわからないからふさわしくないと言われた。

そんなこと私が一番よくわかっている。

それでも、それでも私はそばにいたかった！

駿くんが好きだった！

激しい雨音が一瞬で消えて、私ははっと顔を上げた。

薄暗い駐車場に車は入っていく。ぽつぽつと明かりがついたそこは広く、神薙さんは車の少ない場所を選んで駐車した。

「ここ、は？」

「ここはあるオフィスビルの駐車場。ここに君の会いたい人はいる。君から連絡がきて、会わせてほしいと言われると思っていたから、相手のスケジュールは確認済だ。僕は高遠駿と違って、きちんと君に選択権を与えてあげる。どうする？」

私は膝の上でぎゅっと手を握りしめた。

怖い、そう思う。

知りたいと思っても、そこにどんな真実があるのか、知って引き返せるのか。

私はなにを知っても本当に、駿くんを信じることができるか。

想い続けることができるか。

一気に不安に襲われた。

神薙さんの段取りのよさにあきれさえ覚える。そうでなければ自分で会社経営などできないのかもしれない。

いや、違う。

彼は私が連絡するだろうことを想定していた。むしろ、私がここへ来るための外堀をずっと埋めていたようにも思えた。

私の返事を待つ彼に、私は「行きます」と強く言い放ってシートベルトをはずした。


扉を開けて外へ出ると、雨のせいか、コンクリートと湿気の混じり合った独特の匂いが鼻をつく。

私は神薙さんのあとに続いて、足を踏み出した。地下駐車場からエレベーターで上がると、受付に寄ることなく足を進める。

「ここは神薙さんのオフィスですか？」

来慣れた態度に思わず聞いた。

磨き抜かれた黒いタイルの床に、吹き向けの天井。広い受付カウンターには綺麗な大人の女性たちが立っている。

エントランスを見るだけで、ここがどれほど大きな会社か想像できる。

「違う。でも僕は出入りを許されている」

神薙さんは胸ポケットからＩＤカードを取り出してゲートを通過した。私はただついていくだけだ。

神薙さんは何機もエレベーターが並ぶホールを通り過ぎて奥へ向かった。

壁際にひっそりと花が生けられていた。誰も利用しなさそうな奥まった場所にあるエレベーターの前まで来ると、ふたたびＩＤカードをかざす。

「ここにお勤めされているかたなんですよね？」

「このエレベーターは役員専用。そのつもりでついてきて」

神薙さんは、やっぱり読めない曖昧な表情で私を見る。

本能的に体が怯えるのはなぜなんだろう。

私は混乱しすぎて考えるのをやめ、神薙さんが示す道を従順に歩いていくしかない。

実母を知る。

どんな人だったのか、誰を愛したのか。どうして実父と結婚したのか。

小さな箱に足を踏み入れると、独特の浮遊感に包まれた。

神薙さんは本当によく知っているようで、エレベーターを降りると迷いもなく廊下を進んでいく。

やわらかな絨毯素材は私たちの足音をかき消した。

重厚な扉の前で一息つくこともなく神薙さんはドアをノックする。

女性の声が届いて、神薙さんの姿を確認すると「社長がお待ちしております」と秘書らしきその女性が言った。

神薙さんのうしろにいる私に気付くと、女性はかすかに首を傾ける。けれど彼が視線で制したのか、なにか言いたげな表情をしながらも私の入室を拒んだりしなかった。

「神薙様がいらっしゃいました」と告げて中からの返事を受けると、その女性が扉を開ける。

「朗！　めずらしいなおまえが急に会いたいと言ってくるなんて」

最初に聞こえたのは低く艶やかな声。そうしてうしろの扉が静かに閉まる音。

続けて息を呑む音が聞こえて、大きなファイルが床に落ちた。

「……香奈……まさか」

口元を手で覆って、私を見つめる男性は明らかに動揺していた。

全体をうしろに撫でつけた白髪交じりの髪。仕立てのいい濃紺のスリーピース。大きなオフィスビルを構えるにふさわしい存在感。

矢内の父や高遠のおじさまをよく知っている私でさえ、ぶわっと背中に鳥肌が立つ。

私は会社名さえ知らずに、そのトップに立つ男性と対峙していた。

「彼女は時田結愛さん」

矢内結愛ではなく、矢内家に引き取られる前の姓である時田を名乗るのは神薙さんからの提案だった。男性は「時田……時田」と反射的に呟いていた。過去から記憶を引っ張り出して合致したのか、彼は「ああ……！」と声を上げて、椅子に座り込んだ。

彼は両手で額を支えて、肩を震わせる。

動揺をあらわにするその様子に、神薙さんが言っていた言葉の信憑性が増す。

「君は……香奈の娘なのか？　香奈は？　君のご両親はお元気なのか？　朗……おまえがなんで、このお嬢さんを……」

「あなたがそこまで動揺する姿を初めて見ました。彼女のご両親は彼女が二歳の時に事故で亡くなっています。彼女は実の母のことをよく知らないそうです。彼女の母親の写真を大事に持っているあなたなら、なにか知っているのではないかと思い連れてきました」

神薙さんの言葉に、彼は驚愕して顔を上げた。彼の顔がみるみる歪んでいく。

大人の、それも会社のトップに立つ人の涙を見て、この人はなにも知らないのだと思った。

母の写真を大事に持ち、「大切な人」だと神薙さんに言い、私を「香奈」と呼び捨てて、もうこの世にいないことを嘆いている。

……私の産みの親が香奈という名前らしいことも初めて知った。

「母のことを教えていただけますか？　どんな女性だったのか、なにをして暮らしていたのか、どんな些細なことでも知りたいんです。教えてください」

私は深く頭を下げる。

彼が秘書の女性を呼んで「今夜の予定はすべてキャンセルしてくれ」と言うのを私は聞いた。

社長室の隣の部屋に入ったのは、社長である嘉納達哉氏と私だけだった。神薙さんはお茶でも飲んでくると言って部屋を出ていった。

嘉納さんと私は向かい合ってソファに座っていた。

秘書の人が運んできたコーヒーからは湯気(ゆげ)が立っている。いつのまにか会社の終業時間に近付いていたようで、嘉納さんは秘書の女性に帰宅を促(うなが)していた。

社長室とは別にあるこの部屋は、彼がひとりでくつろぐ場所なのだろう。

最初に入った部屋にあった重厚な家具や机とは違い、優しい色使いのファブリックでまとめられてやわらかな雰囲気だった。

私はコーヒーから、ガラスのテーブルの上の嘉納達哉氏の名刺へと視線をうつす。

その社名を見て、私はますます混乱していた。

彼は奥の書棚から大事そうに古いアルバムを出してくる。広げたそこには実母の写真が並んでいた。

朗(ほが)らかな笑顔を向ける写真、立ってポーズを取っているものや、公園らしき場所でくつろいでいるもの。

そのどれもが出かけた先のもので、高遠のお屋敷で撮ったものはない。

「なにから話してあげたらいいのか……香奈のことをずっと知りたいと思っていたのに、こんな形で知るなんて……いきなりすぎて私も戸惑っている」

「申し訳ありません。でも私も……母についてはよくわからないとみんなに聞かされてきました。神薙さんから写真を見せられて驚いて、こんなところまで伺(うかが)ってしまいました。本当にすみません」

「いや、連れてきたのは朗だ。写真だって、あいつが勝手に持ち出したんだろう。あまりにも君が似ているから驚いたんだろうな……あいつは私が香奈を探していたことを知っていたから。まさか、とうに亡くなっていたとは。どうりでどれだけ探しても見つからないわけだ」

私は許可を得てアルバムをめくっていく。そうして目当ての物を探し出した。

他の写真はカメラをまっすぐ見ているけれど、うしろのページにある数枚だけは、遠くからそっと撮ったものだった。そこに二、三歳の子どもを抱いている姿もある。

息を呑んだ。

やっぱりこのアルバムの中にも、高遠家の和風庭園やお屋敷内で撮った写真がある。泣きたくなかったけれど、どうしても涙を堪(こら)えられなくなってしまう。駿くんや矢内や高遠のみんなに、実の母のことを秘密にされていたショックと動揺で、感情が爆発してしまったのだ。

でも、彼はきっと母の写真を見て泣いていると思ってくれるだろう。この人はまだなにも知らない。

「彼女は……身寄りのない人だった。高校を卒業して、あるお屋敷の使用人として働いていてね。私は客人としてそこを訪れて、彼女と、香奈と知り合った。この写真はそのお屋敷で働いている彼女の姿だ。まだ顔見知り程度だった頃に、私が勝手に撮ったものだ。今の時世なら、こんなことをしたら訴えられるかもしれないな」

母はやはり高遠のお屋敷で働いていた。

抱きかかえられているのはきっと、駿くんだ。

「彼女に惹かれてね……こんな隠し撮りをするほど、想いを募らせた。けれどあの頃の私は事情があって素性を偽ってあのお屋敷に出入りしていた。仕事でどうしても契約したい相手がいたけれど、このお屋敷に行くしか伝手がない。さらに私の勤めていた会社とこのお屋敷の主の会社は当時ライバル関係にあった。偽ったまま……彼女との関係を築いた。それが過ちの始まりだ」

「母とお付き合いしていたんですか？」

「ああ。彼女は私を普通の会社員だと思っていたから、ごく普通に付き合いは続いた。お屋敷の独身の使用人と、そこに訪れる人間との付き合いはあの当時よくある話だった。あのお屋敷に勤める使用人たちは各自が様々な事情を抱えていた。会社が倒産して行き場をなくした親の子どもや、両親を突然事故や病気で失った子ども、特に身寄りのない人に働く場所を提供していたんだ。屋敷の大奥様は立派な方で、屋敷の使用人にきちんと教育を施した。礼儀作法から始まり、お茶やお花の手習い、裁縫や料理。使用人でありながらも立ち居振る舞いは淑女と変わらない。仕事関係で屋敷を訪れた男が、あのお屋敷の使用人の女性たちに惹かれるのはよくあることだった。私と彼女もそのうちの一組だ」

私が知らない過去のお屋敷の様相が、想像できる気がした。

今でこそ使用人はほとんどいないけれど、その在り方は受け継がれている。

私が教えられてきたこともそう。

今、清さんがサロンとして形態を変えて取り組んでいることもそうだ。

活気あふれるお屋敷でくりひろげられる、いくつもの恋。

そのひとつに駿くんのご両親も矢内の両親も組み込まれているのだろうか。

「私と彼女が他と違ったのは……私が素性を隠していたことだった。話さなければと思いながら、危うい均衡にあった立場では話すに話せなかった。そのうちに……私の素性が明らかになりお屋敷への出入りは禁止、当然彼女との交際も反対された。反対してきたのはお屋敷の人間だけじゃない。私の親族のほうからもだ。私が知らない間に彼女は嫌がらせを受けていた。お屋敷の使用人で、さらに身寄りのない女性だ。周囲は私の恋人として認めようとしなかった。そうして彼女は、私の前から黙って姿を消した。時田……その名前を聞いて思い出したよ。私と同じように彼女に想いを寄せていた男のことを。彼女は彼と幸せになったんだな」

私はパタンとアルバムを閉じた。

彼の話を聞いていると、いろんな想像が浮かんでは消えていく。

嘉納……彼の会社は高遠とはライバル関係にある。

この人は私が矢内結愛であることも、高遠駿の婚約者であることも知らない。

「聞いてもいいかな？」

「はい？」

「君はいくつになる？」

でも、ある可能性には気が付いた。私だって、もしかしたらと思っている。

実父だと思っていた人との血の繋がりがないと知った今……嘉納さんの話を聞けば想像は容易い。

でもそれを正直に素直に告げていいのかどうかわからない。

ここで誤魔化しても、この人はすぐに真実を知るだろう。

神薙さんも「可能性」という言葉を使っていた。あの人も予感しているのだ。

私が知りたかったのは実母のこと、そしてどういう事情で私がお腹にいるのに、時田の父と結婚したのかということだった。

本当の父親が誰かまで知りたかったわけじゃない。

よりによって、高遠とライバル関係にある会社だなんて、思いもしなかった。

「二十歳です。五月に二十歳になりました」

駿くん、駿くん、駿くん！

あなたはなにをどこまで知っているの？

駿くんは私になにを隠しているの？

◆◆◆

僕のところに清さんから、結愛が買い物に出てから戻ってこないと連絡が入ったのは、終業時刻の三十分前だった。

颯真の勤める警備会社に屋敷周辺の捜索を依頼して、僕が最終手段を取ると判断するまで三十分。その間に僕は亜里沙に連絡を取っていた。

「亜里沙さんから誘われたので近所のカフェに行きます」とメールが入ってきたのがお昼前だった。

結愛には亜里沙に会うなと言いたかった。

けれど僕の憶測だけで結愛の人付き合いを制限させるわけにもいかない。どんな親しい人間だって、なにがきっかけで攻撃してくるかはわからない。攻撃される可能性があるから付き合うななんて、そんなことを言い出したらどんな人間との付き合いも許せなくなる。

だから亜里沙に、もう結愛には近付かないでほしいと、言おうと思っていた矢先だった。

亜里沙は僕からの電話にすぐには出なかった。けれど何度もかけるうちに、ようやく繋がった。

電話に出た彼女がいきなり泣き出した時は、なにが起きているのかさっぱりわからなかった。

結愛は亜里沙と別れてから一度自宅に戻っている。それから買い物に出かけたのだから、亜里沙は関わりがないと思っていた。結愛の様子になにか変わったところがなかったか聞きたかっただけなのに、泣いて話してきた亜里沙の話の内容に、僕は言いようのない憤りを感じていた。

誰が！　なんで！　どうしてそんなものを亜里沙に渡したのか。

なぜ亜里沙は、そんなことを安易に結愛本人に告げたのか。

「なにも知らない結愛ちゃんが許せなかったの、ごめんなさい」と泣きながら謝る亜里沙に、謝る相手は僕じゃないと言ってやりたかった。

けれど過ぎたことをとやかく言っても仕方がない。

結愛が知ったという事実を受けて、僕は颯真に頼んで最終手段を取った。

成長するごとに結愛は大人になっていく。

高校を卒業するとなお、結愛は彼女の母親である香奈さんにそっくりになってきた。矢内のおじさんやおばさんが複雑な表情をするほどに。

僕には幼い頃の記憶しかないため、彼らほどわからなかったが、矢内のおじさんからは『覚悟を決めたほうがいい』とは言われていた。

僕は颯真から送られたデータを確認して、そこへ高遠の社用車でなくタクシーを使って行くことにした。

まさかこんなに早く結愛が辿（たど）り着いてしまうなんて思いもしない。

タクシーに乗って向かう間に颯真からは追加情報が送られてきて、バックに神薙朗がいることがわかった。

彼が接触してきた時に僕は気付くべきだったのだろう。

神薙という名字や彼自身が会社経営をしていることもあって、嘉納と結びつかなかったのだ。

結愛が十六歳になった時、僕は矢内のおじさんから呼び出されて言われた。

『結愛は私が守っていく。矢内での私の立場も回復してきたし、君にこれ以上頼るのは申し訳ない。婚約は解消して構わない』と。

僕は二十六歳、高遠に入社して慣れてきた頃で、周囲もそろそろ次の段階……結婚を考えるべきだと言い出し始めていた。

結愛との婚約はうちうちのため、周囲は僕に決まった相手がいないと思い込んでいたのだ。

僕のそんな現状も、矢内のおじさんは知っていたのだろう。

同時に、僕も結愛も互いを男女として意識していないことも。

だから僕も正直に話した。

結愛との婚約は僕からは解消できないことを。

それは曾祖母との秘められた約束だった。

僕が結愛との婚約に応じた十五歳の時に出された条件。

中学を卒業したら海外留学すること、将来高遠を継ぎ力をつけること、結愛が二十歳になるまで僕から婚約解消はしないこと。

結愛から婚約解消の申し出がなければ応じられないのだと伝えた。

矢内のおじさんは高遠側の事情を知って驚いていたけれど、もうひとつ僕に真実を語った。

結愛が母親について知りたいと言い出したら、彼女のことはよくわからないと答えてほしいと。

結愛の母親である香奈さんは高遠家の使用人として働いていた。

もっと言えば、矢内のおばさんも一時期働いていたのだ。僕の母の親友だった矢内のおばさんは、両親を事故で亡くして姉弟二人になった。高遠の曾祖母はそういう人たちを屋敷で働かせることで居場所を与えていた人だったから、そのおかげで大学を中退せずに済み、そこで矢内のおじさんとも出会った。

香奈さんは高校卒業と同時にお屋敷にきて、生まれたばかりの僕と颯真の世話をしてくれていた。若い母親たちの慣れない育児の手伝いをしていたのだ。

僕と颯真、そして和真は斉藤や清さんや香奈さんに育てられたようなものだ。

矢内のおじさんに呼び出された時、香奈さんが突然お屋敷を辞めた事情を、僕は初めて知らされた。

彼女がある人と恋を育んでいたこと。

その相手の親族から嫌がらせを受けていたこと。

相手が高遠とライバル関係にあった企業の御曹司だったこともあって、高遠からも相手側からも
香奈さんはスパイ扱いされ、彼女の身の危険を案じて曾祖母が逃がしたこと。

そして結愛の実の父親は、その人であること。

相手は香奈さんが妊娠していたことを知らない。

香奈さんの希望もあって曾祖母が手を打ち、彼に情報が流れないようにしたのだという。

嘉納達哉は……香奈さんがどうなったのかも、結愛の存在もなにも知らない。

けれど今でも彼が香奈さんの居場所を探しているため、彼女のことは誰も口にしないように決めている。だから結愛にも知らせたくないと。

香奈さんがお屋敷を辞めてから、高遠家は使用人を新しく雇い入れなくなった。

屋敷で働いていた大事な使用人を守ることができなかったことを曾祖母は憂えたのだろう。

曾祖母にとって、屋敷に関わる人間はみんな大切な家族だった。

結愛をかわいがるのは曾祖母の贖罪も込められている。

嘉納達哉は香奈さんと別れてからも独身を貫いている。結愛は彼にとって唯一の後継者。

もし結愛の存在を知れば彼は結愛を奪いにくるだろう。

矢内のおじさんは、永遠には隠せないと言った。

結愛は香奈さんにそっくりで、嘉納氏はいずれ結愛を見つけ出す。

その時に僕が困った立場になることを憂えていた。

嘉納の血を引く娘を君は守れるのか、と。

僕にできたのは二十歳まで結愛を隠し続けることだった。

彼女の意思を尊重し自分で道を決められる年齢まで見守る。

その間に嘉納氏に見つからないように、結愛をできるだけ閉じ込める。

僕が無理やり閉じ込めるのではなく、結愛がここにいたいと思えるような場所をつくることで、外に出ずに済むように。

二十歳になった結愛に結婚の意思さえ確認すれば……あとは嘉納氏に知られても対処できる。

僕のものになってからならば、僕が堂々と彼女を守れるのだから。

嘉納の会社にタクシーが到着して、僕は受付で社長への面会を求めた。

結愛が持っている自宅のリモコンキーの中には、GPSを埋め込んでいる。僕はそれを使って颯真に結愛の居場所を探ってもらい、ここにいることを突き止めた。

そうして受付の女性と話している時に現れたのは、神薙朗だった。

「随分早いお着きですね。彼女は知っているんですか？　自分の居場所が探られるようなものを持たされているのだと」

神薙は受付の女性に「僕のお客様だから」と言って僕を促した。

ここは嘉納の会社だ。

なのに我が物顔で振る舞い、かつＩＤカードを使ってゲートを抜けた彼を見て、噂は本当なのだと思った。

「あなたには関係ないと思います」

「愛した女性が産んだわが子との初対面なんですよ。少し配慮してはどうですか？」

そのセリフに僕はこの男が、なにもかもを知っていることに気付いた。

彼と一緒にゲートを通り抜けて歩く。エレベーターから吐き出された仕事帰りの社員が、どっと溢れてきた。

目ざとい人間の中には僕と神薙の姿を見て視線を向ける輩もいたが、それ以上の関心は向けてこない。

エレベーターホールを抜けてさらに奥に進むと、役員専用スペースになったのか人の気配がぐっと減った。

「亜里沙に……結愛の情報を渡したのはあなたですか？」

僕は怒りと声を抑えて神薙に問う。

本当にパーティーで挨拶をした時に気付くべきだった。

日本にいなかったせいで僕はまだすべての情報を把握できてはいない。仕事の引継ぎや結愛とのことでいっぱいで、余裕がなかった自分の愚かさが憎い。

「もっと早く彼女が僕のところに来ればそこまでしなかったんですが、なかなか来ないから使ったまでです。ちなみに僕に情報を渡してきたのは矢内の親族ですよ。よほど結愛ちゃんの存在が気に入らなかったんでしょうね。養女なのにかわいがられて、あなたにも守られている。どこの娘かわからないと蔑むために手を尽くして調べたものだったんでしょうけれど、蓋を開ければ灰かぶり姫どころか本物のお姫様だ」

「なぜ、あなたがそんなことを！」

「叔父への罪滅ぼしです。結愛ちゃんと会って思い出したんですよ。僕が犯した罪をね」

神薙は自嘲するような笑みを浮かべている。

「叔父と彼女の母親、香奈さんとのことを母にしゃべったのは僕です。子どもだった僕にはあの頃の大人の事情はわからなかった。でもそのせいで叔父の素性は明らかになり、叔父の交際相手が香奈さんだとバレてすべてが壊れた。叔父はそれでも僕をかわいがってくれた。秘密にしていた自分が悪かったのだから自業自得だと言って。ずっと独身を通し、香奈さんを探し、想い続けている叔父に結愛ちゃんの存在は救いになる。彼女の父親が誰か……慎重に探って、僕は確信を得た」

彼は僕に書類を見せた。

嘉納達哉と矢内結愛の鑑定結果。

そこにはきちんと親子関係が証明されている。

「あなたたちが結婚する前には、はっきりさせたかった。高遠さん、結愛ちゃんは僕がもらいますよ。彼女は嘉納の血を引く娘だ。僕は彼女と結婚して叔父の後継者となりこの会社を継ぐ。後継者を決めかねていた叔父の後押しになる」

神薙朗。

嘉納達哉の甥で、後継ぎのいない嘉納にとって後継者候補と名高い男。

彼が自ら起業した会社もその足掛かりにしかすぎないと噂されていた。

この男が狙うのは、もっと大きな椅子。

矢内のおじさんが懸念していたことが現実になって、僕は改めて結愛の立場がどれだけ危ういものか思い知る。

「あなたはご存じだったんでしょう？　不思議でしたよ。どんな女性でも選べる立場にあるあなたが、十歳も下の女の子と婚約していたことも、その子を選んだことも。あなたは彼女の本当の価値を知っていた。だから婚約を解消しなかった。恋愛なんて生温い感情じゃなくただの打算だ」

「違う!!」

「……違うと言うならなおさら、彼女を本当に愛しているなら解放してあげてください。彼女を縛り付けていたのはあなたのほうでしょう？　高遠さん。五歳で婚約して、なにも教えずあの屋敷に閉じ込めてきた。真実を知って、どうするか選ぶのは彼女です。あなたの気持ちが愛なら、彼女が決めることを受け入れるべきじゃないですか？　答えは彼女に聞きましょう」

神薙はエレベーターにＩＤカードをかざす。

僕がなにを言っても、この男は揚げ足を取る。

自分の都合のいいように解釈して、それがさも真実であるかのように語る。

キレる頭とまわる口で、彼はこれまで自分の足場を築いてきたのだろうから。

結愛が真実を知る時が必ず来る。

その時に結愛を守れるか。

守る気があるのか。

矢内のおじさんは、婚約を解消しないと言った僕にそう突きつけてきた。

矢内の養女だと知った結愛が口走ったのは、『犠牲になったのか？』という言葉。

犠牲になったわけじゃない。同情でもない。

『駿くんが王子様になってくれるの？』五歳だった彼女にそう問われた時、この子の王子様になるのは僕だと思ったことを思い出した。

大人になるのを待っている、そういう気持ちでキスをして唇を塞いだ。

それで僕は気付いたのだ。

結愛が婚約解消を言い出せば受け入れると言いながら、本当はそんな気はさらさらなかったことを。

彼女が誰の娘だろうと関係ない。

彼女が真実を知ったとしても、僕を選ぶように仕向けてきた。

この男の言う通り彼女の世界を広げずに、僕のことしか見ないようにして。

結愛の答えは決まっている。

僕はそう言い聞かせてエレベーターに乗り込んだ。

◆　◆　◆

二十歳です。

私がそう言うと、嘉納さんは目を見開いた。茫然と私を見つめる目には、なにが映っているのだろうか。私を通して、きっと彼は実母のことを見ている。

そこに浮かぶ想いはなんだろう。

年齢を知って考えることはなんだろう。

彼の眉が寄せられ、目を伏せ、考え込んで口元を歪める。表情の変化を私はじっと観察していた。

「結愛さん……」

「はい」

「不躾で申し訳ないが……私との親子関係を調べさせてほしい」

時田の父が本当の父でないと知って、初めて会ったこの人が本当の父かもしれないと知る。

なんて一日なんだろう。

私の世界は一瞬で壊れた。

それでもまだマシなのだろうか。

「私には身に覚えがない」と、存在を疑われないのは、この人が本気で実母を愛していたからだろうか。

「すまない……私も混乱しているんだ。ずっと探していた女性が亡くなっていたと知って、もしかしたら彼女は私の子を身に宿したから、姿を消したんじゃないかと。そうだとすれば、私はどれほど彼女を苦しめたのだろうと。君をこんなふうに泣かせたいわけじゃなかった」

言われて初めて、私は自分が泣いていることに気付いた。頬を拭うと指先が冷たく濡れる。

神薙さんを恨みたかった。

私が知りたかったのは実母のことだけだったのに、いきなりいろんな真実を突きつけられて、もういっぱいいっぱいだ。

彼は私からことごとく逃げ道を奪った上でここに連れてきた。

「……っ、もしっ、そうだったらどうするおつもりですか？　私、私はそんなことを望んで来たんじゃない！」

駿くん、駿くん、駿くん。

どうしていいかわからなくて心の中で何度も名前を呼んだ。

駿くんに聞けばよかったのだろうか？

神薙さんなんかを頼らず、駿くんに実母の写真を見せて、彼の口から真実を聞き出せばよかった？

そうしたら駿くんは本当のことを教えてくれた？

それとも、私が「知りたい」なんて思わなければよかったの？

「結愛さん……」

「結愛!!」

突然、第三者の声が響いて私は振り返る。私の名前を呼ぶ大好きな人の声。私を抱き寄せる大きな腕。

「駿くんっ」

なぜ彼がここにいるかもわからずに、私はただ心から安堵して、泣きながら駿くんの腕に飛び込んでいった。

「君は……」

「突然申し訳ありません。高遠駿です。結愛がここにいると神薙さんに教えていただいて迎えに来ました」

「僕は教えてない！」

神薙さんは反論したけれど駿くんは聞き流した。

駿くんは、私が泣くといつもしてくれるように優しく髪や肩を撫でてくれる。

どんなに悩んでも苦しんでも、腕を伸ばされれば私はそこに飛び込んでいく。

許容量を超えて与えられた情報が、ひどく私を混乱させても、駿くんが私に向かって広げてきた腕を拒むことはない。

私にとって絶対的に安全な場所。

頭で考えても、心が惑っていても、私の体は正直だ。

幼子のように私は駿くんの背中にきつく腕をまわして抱き付いた。

「朗……いったいどういうことだ。高遠くん……君は高遠家のご子息か？」

「嘉納さん、結愛は僕の婚約者です。彼女が誰の娘だろうと関係ありません。僕の妻になる。それだけが真実です」

駿くんの力強い声が部屋に響き渡った。

しんっと静まり返った部屋に私の小さな嗚咽（おえつ）だけがもれる。

私は強く駿くんに抱き付いて、彼の言葉を噛（か）みしめた。

駿くんは、私が本当は誰の娘なのか、多分知っていた。

「結愛ちゃん。彼は知っていたんだよ、君が本当は誰の血を引くのか。君が彼の妻になれば嘉納に対しての発言権も強くなる。彼はそれを見越して君と婚約していたに過ぎない。君は利用されているんだ」

神薙さんの言葉に、びくりと私の体は震（ふる）えた。

私の反応に気付いた駿くんは、さらに抱きしめる腕に力をこめてきた。

最初は同情で婚約者になってくれて、そして今は私を利用するために近くに置いている？

何度となく言われた言葉がふたたび襲（おそ）い掛かる。

「でなきゃ、五歳の娘との婚約に応じるわけない！　周囲だって許さない。みんな君の価値を知っていて、うまく利用するために君を洗脳してきた！　そうでないなら、本当の父親が誰かもっと早くに君に話したはずだろう！　その上で選択権を与えたはずだ」

神薙さんの言葉に、茫然（ぼうぜん）と駿くんを見上げた。

そうだ……駿くんは、隠していた。

母のことを知っていたのに「よく知らない」と。

そして、私の本当の父親が嘉納さんであることも知っていたのだ。

養女なのに、どうして私を選んでくれるんだろう、そう思ったことがあった。

社会経験もない、十歳も年下の私を、選んでくれたんだろうって。

神薙さんだって言ったじゃないか。

どんな女性も選べる立場にある男が、ただの恋愛感情で選ぶと思うのか、と。

高遠家の御曹司である彼が、なんの価値もない私を選ぶ理由？

駿くんに好きになってもらえるような要素なんか、なにもないのに？

「結愛……？」

私は初めて自分から、駿くんの胸を強く押し離した。

彼に抱きしめられて抵抗したことなど一度もない。だからか、駿くんの腕からも力が抜ける。

涙が、あとからあとから溢れてくる。

「知って、たんだよね？　私が誰の娘か……駿くんは、いつから知っていたの？」

「結愛……僕は」

「養女だってことも……二十歳になったら教えるはずだったんでしょう？　二十歳になったのに……どうして他の真実は教えてくれなかったの？　結婚で縛り付けるまで、利用しやすくなるまで、黙っているつもりだった？」

「そうじゃない！　結愛」

そうだ。

駿くんが好きになってくれたから婚約解消しなかったって思うより、利用するためだと言われたほうが納得できる。

私はずっと、駿くんを縛り付けてきたと思っていた。

でも本当は逆だった？

違う、違う……頭の片隅でそう叫ぶのに、私に確かに利用価値があるせいで、わからなくなる。

「高遠くん……そうなのか？　彼女が五歳の時から、婚約で縛って、君は……そういうつもりで」

駿くんは髪をかきむしると、うるさそうに首を左右に振る。

そうして、冷えた眼差し（まなざし）を私の背後に向けた。

それは私が初めて見る、高遠家の後継者としての顔。

「あなたに……なにもご存じない、あなたに言われる筋合いはない」

低く、どこまでも冷酷に響く口調に、部屋の空気が一瞬で変化する。

他人のものであったはずのこの場を支配したのは駿くんだった。

「矢内のおじさんがどれほど苦慮（くりょ）したか……矢内で冷遇（れいぐう）されていながら、さらに結愛を引き取って守るために、高遠に助力を求めた。僕の婚約者という立場でなければ、彼女を守れなかっただけだ！」

「矢内……？」

嘉納さんが訝しげに言う。そうだ彼は私の名字を知らない。

「彼女は時田結愛さんだろう？」

「最初はそうです。彼女の母親が妊娠していると知ってなお、いや知ったからこそ……時田氏は受け入れ、そして結婚した。あなたの一族に……居所が知られないよう、彼らは身を潜めて生活していた。知られれば……どうなるかわからない。当時の彼らの不安は、あなたならわかるはずだ。そして彼らは、結愛が二歳の時に事故で亡くなった。その後、結愛を引き取ったのが、時田氏の姉が嫁いだ先、矢内家です。彼女の今の名前は、矢内結愛ですよ。どうせ、君が余計な小細工を結愛にさせたんだろう？」

駿くんは冷めた視線を神薙さんに向ける。

「僕たちの婚約を……あなたがたが、いや周囲がどう思おうと構わない！　でも矢内のおじさんも僕も、利用しようなんて考えたこともない。嘉納に対する発言権なんか僕には必要ない！　結愛を守るためだけに、ずっと動いてきたんだ」

「ふっ……うっ……」

溢れてくる涙を必死に拭う。

私は神薙さんの言葉に惑わされて、一瞬でも駿くんを疑ってしまった。

矢内の父を疑ってしまった。

少し考えれば、冷静になれば、わかるはずなのに。

矢内の父がどれだけ私を愛してくれていたか。

母が、兄たちが……そして、駿くんが、大切にしてきてくれたか。

私はちゃんとわかっていたはずなのに。

「結愛、隠していたことは謝る、ごめん。でも、僕は……一生君には真実を告げる気はなかった」

「………」

「真実を知って、僕から離れることが怖かった」

駿くんはそう言って自分の両手を見る。私と駿くんの間には、今は人一人分の空間があった。

駿くんの開いていた掌がぎゅっと握りしめられる。くやしげに歪んだ表情には、怒りと悲しみと絶望のようなものが混ざっていた。

「利用するなんて考えたこともない。僕はただ、君が真実を知って自由になることを恐れた。二十歳まで、と区切りを告げながら、いつだって本当は強引に手に入れてしまいたかった。……婚約で縛って、結婚さえしてしまえば、結愛は簡単には逃げられない。君の憧れや思慕まで利用して、恋愛に落とし込んだ。お屋敷に閉じ込めて、家を与えて、僕しか見ないようにした。どんな卑怯な手を使ってでも、君が欲しかった」

駿くん……駿くん、駿くん。

喉の奥から絞り出す切ない声が、駿くんの深い想いを伝えてくる。

ずっと穏やかに優しく見守ってくれた。

日本に帰ってきてからは「もう我慢しなくていい」と吐露しながら、私を強く抱きしめてくれた。

何度も何度も「結愛が好きだ」そう言ってくれた。

「叔父さん！　叔父さんだって、ずっと香奈さんを探していただろう！　香奈さんはもうこの世にはいないけれど、結愛ちゃんがいる。僕は彼女と叔父さんが親子だって――」

「朗!!」

神薙さんが書類のようなものを取り出しかけた時、嘉納さんが強く恫喝してそれを制した。

神薙さんは、もうすでに私と嘉納さんのことを調べていたのだろう。

そしてその答えは、口にされることはなくても、明らかだ。

「関係ないっ!!」

嘉納さんに負けない叫び声が、駿くんからもれた。

ぎゅっと握りしめた手は爪が白くなるほど、力が入っている。

小刻みに震える肩が伝えるのは、怯えか、怒りか。

「僕には関係ない！　結愛が誰の娘だろうと、時田も矢内も、嘉納も関係ないんだ！」

まっすぐに私を見つめる駿くんの目は、どこまでも力強く、そして真摯だった。

この眼差しに私はずっと見守られてきた。

駿くんが私を利用するわけがない。彼がそんな計略を巡らせる必要などない。

二十歳などを待たずとも、私を閉じ込めることは簡単だった。海外へ連れ去ることだってできた。

それをしなかったのは、あくまでも私の自由を守ろうとしてくれたから。

自分の気持ちより、私を優先してくれたから。

「結愛は、高遠結愛になる」

そうだろう？　そう視線が訴えてくる。

「結愛は僕のものだ」

何度も何度も言われてきた言葉を、ふたたび告げられる。

私はまばたきをして涙が流れてしまうのを堪えた。

私が知りたかったのは、実母のことでも、実父のことでもない。

私が駿くんにふさわしいかどうか、ただそれだけだった。

「本当に私が……誰の娘でも構わない？　私は駿くんのお姫様になれるの？」

矢内の娘でも、時田の娘でもなく……高遠家とライバル関係にあった嘉納の娘でも。

私は駿くんに近付くと、ずっと固く握りしめられていた彼の手を取った。

さっき自ら逃げ出してしまった駿くんの腕。

駿くんが欲しいなら、私は自分から手を伸ばさなければならない。

腕を広げてくれるのを待って飛び込むのではなく。

腕を引き寄せられて抱きしめられるのではなく。

ああ、そうだ。

私はいつも……駿くんの腕に包まれて、守られてきた。

私が触れてぴくりとした駿くんの手から、すっと力が抜ける。きつくひそめられていた眉根も、強張っていた頬も緩んで、私がよく知っている駿くんが戻ってくる。

「結愛が誰の娘でも構わない。僕はただの結愛が欲しいんだ。君はずっと僕のお姫様だろう？」

私は背伸びをして、駿くんを抱きしめた。

私の腕でもちゃんと抱きしめることができる、駿くんの背中。それにぎゅっとしがみつく。

今度は私があなたを抱きしめる番だから。

そう、私はお姫様、駿くんは王子様。

五歳の時から変わらない、それだけが私たちの真実。

「駿くんが好き」

「僕も、結愛が好きだ」

駿くんの手は一瞬躊躇いつつも、私の腰にまわった。私は背伸びをして首のうしろに腕をまわす。

きつくきつく互いを求めるように、強く抱き合った。

そうして、駿くんの手が私の頬を包む。

いつもと同じ合図に、私は首を傾けて視線を伏せた。

唇が触れる直前に、小さな咳払いが届いた。


「朗……詳細はあとで聞かせてもらうが、これ以上彼らへの手出しは禁じる。これは命令だ」

「叔父さん！」

「香奈とのことで、おまえが後悔しているのは知っていた。だが、彼女は香奈じゃない。私が求めていたのは香奈であって、彼女じゃないんだ……」

ここがどこだったか思い出して、私は咄嗟に離れようとしたのに、駿くんは逆にぎゅっと力を入れてきた。私は仕方なく顔だけを神薙さんに向ける。

「あの……嘉納さんに会わせてくださってありがとうございました」

私がなにをしようとしたかわかったのか、駿くんの腕がゆるんで解放される。

私は神薙さんに深く頭を下げ、目じりに残っていた涙をぐいっと拭った。

神薙さんは、不満そうな表情だった。

彼にはいろいろかきまわされたけれど、それは全部私が弱かったせいだ。だからもう二度と弱みにつけ込まれないように、私ははっきりと宣言する。

「私は駿くんが好きです。神薙さんや周囲が、私たちの関係を歪だと思っているとしても構わない。私と駿くんは互いに想い合って結婚するんです。誰にも邪魔させない」

そうして今度は、嘉納さんに向き合う。

彼は茫然としながらも、寂しそうに揺らぐ目で私たちを見ていた。

私にとっても衝撃だったけれど、同じうねりの中に彼もまた立ち尽くしているのだろう。

それでも私は彼に告げる。

「嘉納さん……親子関係の判定は必要ありません。たとえ、私があなたの娘だったとしても認知も必要ありません。私は、高遠結愛になります」

私には彼を父だと呼ぶ必要はない。

私には時田の父も、矢内の父もいる。

そして近い将来、高遠のおじさまも父になってくれるのだから。

「嘉納さん、どんなことがあっても結愛は渡しません」

駿くんが私の肩をぐっと抱き寄せた。

「結愛に手出しをするなら、僕は全力であなたと戦いますから」

「君のお姫様に……手出しはしない、させない」

「その言葉忘れないでください。結愛帰るよ」

駿くんは最後に神薙さんを睨みつけて、そして嘉納さんを一瞥する。

こういう駿くんは、やっぱり私の知らない駿くんで……彼は高遠家の後継者なのだと思った。

「香奈の娘は……高遠のお屋敷でずっと守られてきたんだな」

部屋を退出する間際、最後に耳に届いたのは、そんな嘉納さんのやわらかな声だった。

◆　◆　◆

「駿、くんっ、待って」

「待てない。待たない。待つつもりもない」

ホテルの部屋に入るとすぐに駿くんは私の服を脱がし始めた。ベッドに逃げ込む頃には、下着姿にさせられて、ブラをはぎ取られた。

嘉納さんの会社を出て、タクシーに乗ってすぐに駿くんがしたのは、お屋敷や颯真くんへの連絡だった。

「結愛は無事だ。大丈夫。今夜はホテルに泊まる。詳しくは明日話す」といった内容を双方に告げて、ホテルへの連絡も済ませたあと、部屋へ連れ込まれた。

駿くんはずっと私の手を握ったままで、少しでも離す素振りを見せようものなら、痛いほど強く力をこめてきた。

私をベッドに押し倒し、肘をついて駿くんが覆いかぶさる。

「なんで、僕の腕から逃げた？」

ものすごく低い声でそう言われた。

ひどく怒っているのかと思って見上げれば、駿くんは悲痛な表情で私を見る。

乱暴な手つきで、いきなり服を脱がされて、ほんのちょっと怖かった。

でも、今は、細い針が何本もつき刺さったように胸が痛い。

「なんで、嘉納の会社なんかにいる。どうやって神薙と連絡を取った。なんで、結愛は僕じゃなくて、他の男を頼ったんだ!!」

私はかすかに怯えながらも、なんとか言葉を発する。

「……亜、里沙さんに……見せられたの。時田のお父さんと血の繋がりがないっていう証明を」

今ここで駿くんを苦しめているのは、傷付けているのは私。

だからちゃんと話さなきゃいけない。

「知って、ショックだった……怖かった。じゃあ私は誰の娘なの？　って。時田の父と血の繋がりがないなら、矢内に引き取られる理由なんかなかった！」

「だから？　知ってショックだったのはわかる。でも養女だと知った時は、すぐに僕に頼ってきただろう？　なんで今回もそうしなかった！　僕はそんなに頼れない？　信用できない？」

「違う!!　でも聞けなかった！　神薙さんに、お母さんの写真見せられて、その写真は高遠のお屋敷で撮られたものだった。みんな、私の実のお母さんのことよく知らないって言っていたけど、それは嘘だよね？　高遠のお屋敷で働いていたんでしょう！　なのにどうしてみんな知らないって言ったのか、どうして教えてくれないのか……私に教えられないような人だと思ったら、怖くて聞けなかった！」

駿くんが首を振ると、さらりと前髪が降り落ちる。

「香奈さんの……写真？　嘉納が持っていたのを、神薙が……君に渡した？　アウトレットモールであいつと一緒になったって言った、あの時？」

ほんの少し考え込むと、駿くんはぎゅっと眉根を寄せて目を閉じた。

いつから私が不安を抱えていたか、黙っていたか知って、彼のほうが深く傷付いているようだった。

ふたたび私の目に涙が浮かんでくる。

「ごめんなさい、駿くんごめんなさい。でも私、写真を見てたくさん悩んだけど、それでも駿くんが話してくれるまで待とうって思っていたの。でも、今日、亜里沙さんに聞かされて知って、怖くなって。駿くんに聞いて嘘つかれたらって思ったら、聞けなかった。写真をくれた神薙さんにしか聞けないって思い込んじゃったの。ごめんなさい」

「それであいつに言われた言葉を信じた？　僕が利用しているって？　結愛は僕を信じていなかった？　僕の君への気持ちは伝わっていなかった？　家も建てた。結婚の約束もして指輪も渡した。なあ、他にどうすれば結愛は僕を信じる？　僕から離れようなんて考えなくなる？」

駿くんはそう言うとジャケットを脱いで、ネクタイをほどいた。私の肌に残っていた最後の下着も優しい手つきで取り払う。

「体に教えようか？　快楽に溺れて僕以外では、満足できない体にすればいい？」

うつろに言葉を放ったかと思えば、駿くんのものが私の中にいきなり入ってきた。

「ああっ……くっ」

「結愛、結愛」

駿くんがうわ言のように私の名前を呼ぶ。

なんの準備もできていなかったその場所が痛みを感じたのは最初だけ。

駿くんに強く抱きしめられて、深く抉（えぐ）られるうちに、徐々に滑りがよくなってくる。子どものようにしがみつく駿くんを、私は強く、強く抱きしめた。

「結愛、僕から逃げるな……」

「逃げない。逃げないよ、駿くん。好き、好き、大好きだから」

一瞬でも疑って、私は駿くんの腕から逃げてしまった。

駿くんに向かって「利用するために黙っていたのか？」とまで言った。

あの一言で私は駿くんが与えてくれていたものをすべて否定したようなものだ。

守ってくれていたのに、大切にしてくれたのに、私の気持ちに応(こた)えて、愛してくれたのに。

駿くんの目が濡れていて、汗と涙とが混じったものが、腰をうちつけるたびに雨のように降り落ちてくる。

私は駿くんの中で暴(あば)れているものを受け止めることしかできなかった。

いつも駿くんは私を気持ちよくしてくれる。

自(みずか)らの欲望をぶつけるのではなく、私を高めてくれる。

余裕があって、落ち着いていて、穏やかで、私より十歳年上の大人の男の人。

今の駿くんは……なんの抑えもないありのままの姿のような気がして、私は彼の後頭部に手をまわして顔を近付けた。

私の中を出入りするだけで、胸に触れることもキスをすることもない。

どこか躊躇(ためら)っているような駿くんを、今度は私が抱きしめる。

駿くん、セックスは気持ちのいいものなんでしょう？

お互いの体を使って気持ちを伝え合う行為なんでしょう？

そう教えてくれたのは駿くんだよ。

一瞬だけ唇が触れたけど、すぐに離れた。だから私は自(みずか)ら舌を伸ばして駿くんの唇を舐(な)める。

「駿くん、愛しているの……だから駿くんも私を……愛して」

結愛の舌が僕の口内に入ってきた時、やっと自分がなにをしているのか理解した。

結愛だけを全裸にして、なんの愛撫もせずに挿入して、ただ突き上げている。

結愛の中は相変わらず狭くて熱くて、出し入れするたびに濡れてくるのに、気持ちいいと思えなかった。このまま続けても射精できなかったかもしれない。

結愛の舌の動きはぎこちない。

僕が絡めた舌に応えるのは上手になったけれど、一人では僕の口内のどこをどう動けばいいかわからなくて、ただ舌がちらちら上下する。歯茎を舐めるとか、僕の舌をつかまえるとか、そんな発想はないようだ。

片手は僕の髪を梳き、もう片方の手はささやかに背中をさすってくれた。

彼女なりに僕を気持ちよくさせようとしているのに気が付いて、大きく空いた穴が少しずつ埋まっていく。

結愛のショックや、混乱は僕にだってわかる。

でも、僕以外の人間、それも神薙を頼ったことは許せなかった。そのせいで、一生話すつもりのなかった真実を彼女は知ったのだ。

嘉納達哉が実の父親だと知って……もし結愛が情に流されてあの男の娘になってしまったら、僕が手に入れるのは難しかっただろう。

　嘉納と高遠は昔からライバル関係にある。

　今はあからさまではなくなったものの、それでも結婚となれば、互いの親族が許さない。

　神薙の言う通り、これまで結愛を守ってきた恩を売って、嘉納を利用するぐらいの関係しか保てない。

　結婚はおろか、婚約さえ公になっていない状態で、神薙にアキレス腱を切られた。

　その上、結愛自身が僕の腕から逃げ出して、僕の気持ちを疑う発言をした。

　僕を壊すには十分だ。

　結愛だけが悪いわけじゃない。彼女が僕を疑った理由も、そうさせた要因が僕にあったことも、冷静になればわかる。

　でも、今は――

「結愛、そんなキスじゃ僕はイけない」

　結愛がさらに泣きそうになりながら、唇を離した。

　僕に貫かれたその場所は、くちゃくちゃと卑猥な音を発し始めている。彼女が快感を覚えているかはわからないが、僕に馴染んで、気を許していれば、体は勝手に反応するのかもしれない。

　彼女に泣かれると、抱きしめたくなる。

　幼い頃から抱き上げて慰めてきたせいか、ぎゅっと背中を起こして強く抱きしめたい。僕の腕の中で落ち着いてくる彼女の頭を撫で、かわいらしい泣き顔を自分だけのものにしてしまいたい。今ならきっと唇で涙を拭うことも許される。

　そう思う一方で、彼女をもっと泣かせたくてたまらなくもある。

「結愛、キスはこうするんだ」

　僕は乱暴に結愛の口に中に舌を侵入させた。最初から奥をつかまえて強く絡める。口を閉じる余裕など与えずに、歯列をなぞり頬の内側を抉り、無理やり唾液を呑み込ませる。

　そうして一通り味わうと、彼女の舌を今度は僕の口内に誘った。

　腰の動きは単調なままなのに、キスに反応し始めたそこはきゅっと小さく締まってくる。

「んっ……はうっ……んんっ」

　結愛が必死に教えたことを実践してくる。時折、意地悪して舌を押し返すと、涙目で見上げて赤く濡れた舌を突き出した。

「キス、気持ちよかっただろう？　結愛の中がものすごく蠢いている」

「ひゃっ……ああっ」

　結愛が感じやすい場所を狙って突くと、彼女はよがった。汗と涙で頬に淫らに髪が張り付く。

「愛撫はこうする」

　尖り切って熟した胸の頂に、僕は舌を絡めた。片方は指の先でくりくりと動かす。小刻みに動かしたほうが結愛は感じやすい。あえて、わずかに痛むほどの力を入れて舌と指で攻めていると、彼女の中がどっと蜜で溢れてきた。

「ほら、濡れてきた。聞こえるだろう？　君が出すいやらしい音だ。結愛は覚えがいいから、もっといやらしくなれる」

「やっ……駿くん……激しいっ」

「激しくしないと君はわからないだろう？　結愛に合わせて抑えていたけど、もうその必要はないよね？　体も躾けないと……君は僕から逃げてしまうから」

「逃げない、逃げないよぉ、駿くん」

「だったら、証明して。僕が与える快楽を全部受け止めて。結愛、もっと乱れて」

彼女の肌に唾液を塗りつけながら、同時に痕を残していく。白い肌にどんどん浮かんでいくそれは、白夜に流れ散る桜のようだ。

僕と彼女の間からこぼれるようになった蜜を指先に絡め、少しずつ成長して顔をのぞかせていた粒に押し当てた。

「ひゃっ……やだっ、駿くん、やああっ」

「嫌？　結愛」

逃げる腰をつかまえて、僕は静かに問う。僕はすべての動きを止めて、彼女が乱れるスイッチをゆるゆると撫でる。

「やっ……ああっ、ふっ……んんっ」

小さすぎてわからなかったその場所は、今は素直にふくらんでいる。ゆるやかな刺激では物足りなくなったのか、彼女の腰が淫らに動き始めた。

「嫌じゃないっ……嫌じゃないの、駿くん！　やあっ、お願いっ」

「なにが、お願い？」

「動いて……触って……駿くん、イかせて！」

「結愛、乱れて、壊れればいい」

僕はその部分を強くこすり上げて、同時に奥へと強く突き上げた。呆気なく達した彼女の口からは喘ぎとも叫びともつかない声が上がる。

達して敏感になった体は、どんな刺激も快楽に結びつく。僕はそれでも動きを止めずに、押し進める。

逃がさない……結愛、快楽からも、僕からも。

「駿くん、やあっ……もう無理……だめだよぉ」

「結愛。嫌と言ってもだめと言っても、もう僕はやめない」

許しを請う結愛の甘い声を聞きながら、僕は満足するまで、うねる彼女の中を楽しんだ。

「君の望み通り、愛してあげる」

◆◆◆

何度私が達しても、駿くんが私から離れるのはわずかな時間だけだ。ぐったりしてうつぶせになっていると、今度は腰だけを高く上げさせられる。駿くんはすぐに私の中に複数の指を奥まで入れ、中の蜜をかき出すようにして、抜いた。

濡れた指の感触が太腿に伝わる。

「ああ、大分濡れるようになったな……」

独り言のように呟くと、ふたたび指を入れて、私の中を探っていく。襞や、むくみ具合を調べる単調な動きに、もう幾度となく達した体は震えることしかできない。

こうしてお尻をつき出すと、駿くんにはすべて丸見えになってしまう。

私にとっては仰向けで足を開くより、恥ずかしいと思える体勢。だから腰を下ろして逃げたいのに、駿くんは許してはくれない。

そうして彼の視線を意識すると、こぷりとした塊がこぼれるのがわかった。

「結愛のここ、トロトロだな……出しても出しても、どんどんこぼれる」

「駿くんっ」

言わないで、とお願いすればするほど口にされた。だからもう拒否の言葉は私からなにも出ない。

その代わり、おねだりする言葉だけは許される。

「結愛が、震えるのはここだ」

そうして駿くんの指がやや強く、内側を押した。彼の言葉通り、ぴくりと体が跳ねる。

「声が出やすいのは、ここ」

「ひゃっ……ああんっ……うっ」

本当に声が出て恥ずかしくて、ぎゅっと唇を噛んだ。

「イく時は、ここだな」

「やっ、だめっ……駿くん、きついよぉ」

すっと浅い場所と奥とを押される。押さえただけでそれ以上動かないでいてくれたけれど、駿くんはそこに指を置いたまま、今度は下から上へと外側を舌で舐めてきた。

「やあっ……ああっ」

「覚えていて、結愛。今はまだここが一番君の弱い場所だ」

隠しようもないその部分に駿くんが舌を這わせる。

腰を下ろすことも、足を閉じることもできなくてただ、その刺激を甘受するしかない。

駿くんが吸い上げる音が聞こえる。きっと私のいやらしいものを駿くんが呑んでいる。

「駿くん、だめっ……ああっ、なんか出ちゃう、怖い、怖いよっ」

弱い、そう指摘されたところまでも駿くんにちゅうっと吸われた。駿くんは私の体を壊していく。

意識がそこだけに集中しかけた時、駿くんの指が激しく動いた。

「やあああっ……」

声さえ途中で途切れて、息がとまる。唐突に襲ってきた圧倒的な快楽は、私の中から淫らなものをまき散らす。駿くんはそこでやめることなく、もっと質量のあるものを押し付けてきた。

「結愛、君の中がすごく動いている。僕にしがみついて離れない。子どもの時の結愛みたいだな」

駿くんが出ようとすると引き留める。入れられるともっとと引き寄せる。

ぴったりとしがみついて離れようとしない、求めているのは私のほう。

「結愛、気持ちいい？」

「いい……駿くん、気持ちいいよぉ。よすぎておかしくなる」

「おかしくなって。覚えて……僕だけが君を気持ちよくさせられるんだ」

「うん……駿くんだけ、駿くんだけだから」

私は駿くんに与えられる快楽を身に刻んで、同時に駿くんを激しく求めた。

◆　◆　◆

翌日起きると駿くんは……私にまず謝罪した。

「抑圧（よくあつ）していた心の鍵を壊したのは結愛だからな」とは言われたけれど。

昨日は私の知らない駿くんがいっぱいだった。私にはきっと、いまだ知らない駿くんがいるのかもしれない。

私も改めて駿くんに謝ると、それこそお説教が飛び出してきて、またそのままお仕置きされそうになった。

神薙さんから写真と名刺をもらったのを、黙っていたこととか。

神薙さんの車に乗って、二人きりだったこととか。

神薙さんは、私が嘉納の娘だと知っているから、これからも手を出すかもしれないとか。

神薙さんは、駿くんにとってトラウマになっている。

私はこれから今まで以上に、身も心も駿くんのものだという証明をしていかなければならないみたい。

でも、駿くんが私の王子様であることは、今も昔も変わりはないから、私にとってそれは大変なことでもなんでもない。

「駿くん大好き」

私が駿くんに抱き付くと、駿くんもぎゅっと抱きしめてくれる。

「結愛、好きだ」

そうして私の頬(ほお)を包むと、顔を傾けて、キスをした。

私はずっと、駿くんのお姫様でいる——

私のすべては駿くんのもの。

エピローグ

お屋敷の僕の書斎に新たな装置が設置された。

こうして電子機器が増えてくると、室内の雰囲気は台無しになっている気がする。昔の面影を極力残して改装した努力は時折こうして無駄になる。

屋敷内に設置したカメラの映像を、僕の書斎でも見られるようにしてもらったのだ。

これらの装置について結愛には「セキュリティがうまく稼働しているかチェックするための物だ」と説明したところ、「これを見て、私の仕事ぶりも駿くんからチェックされそうだね」と笑って済ませた。監視されて不快だという感情はないようだ。

ちなみに僕が、嘉納氏のオフィスに結愛がいるとわかった理由も「自宅の鍵を紛失した際見つけやすいように鍵にＧＰＳを埋め込んでいる」という表向きの説明をしたらすんなり納得した。

「なくしてもすぐに見つかるなら安心だね」なんて言って。

これなら、他にもいろいろ仕込めるかもしれないなと、密かに思っている。

颯真に、新しい器具の提案をして、結愛にモニターになってもらうとか……

結愛が真実を知ったあの日、ショックを受けたのは彼女で、壊れたのは僕だった。

彼女には、僕の隠してきた部分を見せないようにしてきたのに、暴露する羽目になった。まあ、そのおかげで、もう結愛に隠す必要がなくなったのは、よかったけど。

嘉納氏は、神薙朗が勝手に調べて持っていた、結愛との父子関係の証明の書類を破棄した上に、彼にも緘口令を敷いた。

どんな取引があったのか知らないが、その後、彼は後継者に神薙朗を指名したらしい。

結愛の出生の秘密を他人が知ることのないよう、互いに協力していく。

それもあって今まで接点を持たなかった嘉納と高遠は少しずつ歩み寄っていくことになった。

嘉納氏と矢内のおじさん、そして僕とで話し合って決めたことだ。

結愛は宣言通り、嘉納氏からの認知を拒んだ。

将来的な遺産相続に巻き込まれたくない、と決めたのは結愛自身だ。

嘉納氏は断られることを前提として申し出てきたけれど、それでも愛した女性との間にできた我が子を、すぐには諦められないようだ。

結愛になにかする暇がないように嘉納氏をもっと忙しくさせるか、そんなことができなくなるまで追い詰めてしまうのもいいかもしれない。

神薙が正式に跡を継いでからやるのとどっちが楽しいだろうかと思うけれど、彼らの動向次第だ。

僕は、今は使用していない暖炉に近付くと、その上にかけられた絵をはずした。

うしろから、昔ながらのオーソドックスなダイヤル式の金庫が姿を現す。

子どもの頃、僕と颯真が見つけて、少年探偵さながらに、暗証番号の解読を試みた。中にどんなお宝が入っているか、わくわくしながら解読したのに、置かれていたのはいくつかの写真立てだけで。

僕と颯真は「なあんだ」とあきれて、同時にその写真がひっそりと金庫に隠された意味を知って切なくなった。

僕たちは金庫の存在自体を誰にも語らなかった。

曾祖父が亡くなった今、僕と颯真以外いまだに誰もこの存在を知らない。

変わることのない暗証番号をまわして、僕はいくつかの写真立てのうちの一つを手に取った。

若い頃の曾祖父と、曾祖母ではない見知らぬ女性と一緒の写真。

曾祖母は十六歳という若さで年の離れた曾祖父と結婚した。高遠当主の跡取りと、由緒ある家柄の曾祖母の結婚は政略的なものだった。もともとこのお屋敷は曾祖母の実家の物で、このお屋敷を守るために曾祖母は曾祖父との結婚を受け入れるしかなかった。

亡くなる直前に曾祖母が語ったことを思い出す。

「あの人は大事な恋人がいたのよ。でも家のために私と結婚しなければならなかった。私も恋人の存在を知っていたけれど、このお屋敷を守るために拒めなかった。身を引いた女性との写真を飾るぐらい許してあげなきゃね。彼女はこのお屋敷のせいで犠牲になったんだもの」

写真を見つけた時、曾祖父の昔の恋人の写真だろうとは思っていた。だから僕も颯真も黙っていた。曾祖母が恋人の存在を、ましてやそれを後生大事に曾祖父が持っていることも知っているとは思わなかったけれど。

「私は結局、香奈さんも守れなかった……。駿、結愛ちゃんだけは守って。もう誰もこのお屋敷の犠牲になってほしくないの。香奈さんの娘である結愛ちゃんを……大切にしてあげて」

なぜ曾祖母が僕と結愛の婚約を認めたのか、後押しをしてくれたのか。

結愛がこのお屋敷で過ごすことを受け入れて、かわいがってきたのか。

幼い僕と颯真たち兄弟の世話をしてくれた香奈さん。

彼女は唯一の身寄りを火事で亡くして、このお屋敷にやってきた。

『私に残ったのはこの写真だけなのよ』

そう言って香奈さんが見せてくれた、彼女と母親の写真。

あの頃はバラバラの点だったものが、僕の中で線となって繋がる。

香奈さんが誰の子なのか、僕は知らない。

でも彼女が見せてくれた写真の母親と、曾祖父の隣に立っている写真の女性はきっと同一人物だ。

結愛の中にどんな血が流れていようとも、僕はこのお屋敷とともに彼女を守っていく。

守れなかった曾祖父や曾祖母の代わりに。

僕はそこに新たな写真立てを置いた。

嘉納氏にもらった香奈さんの写真、そして結愛の写真を。

金庫を閉じてふたたび絵をかかげる。位置がおかしくないかチェックしていると控えめなノックの音が響いた。

「どうぞ」

「駿くん！　休憩はいかが？　料理長に新しいレシピ教えてもらったの！　食べてみて」

結愛がワゴンを押して部屋に入ってくる。

料理長は短期修業の旅から帰ってきてようやく、僕が提案したレストラン経営を受け入れてくれた。

サロン経営とレストラン経営……今は斉藤と清さんがやっている業務をいずれ結愛が引き継ぐことになる。

結愛はお屋敷が大好きで、ここで働けることを喜んでいる。

そして僕は彼女に仕事を与え、ここから出さずに済むことに安堵(あんど)している。

結愛は僕にとってお姫様だけれど、僕は王子様でいられているだろうか。

「おいしそうだね」

「そうなの！　グレープフルーツとクリームチーズの酸味が合わさって爽(さわ)やかなのよ！　駿くん食べてみて！」

結愛は楽しそうにテーブルにセッティングしている。その背中も結われた髪さえ嬉しそうだ。

結愛の持ってきたケーキももちろんおいしそうだけれど、僕は目の前の彼女のほうがおいしそうに見える。

「うん、食べようかな」

そう言って結愛を背後から抱きしめる。

結愛は多少ぴくりとしたけれど、毎朝僕が抱きしめているから慣れてきたはずだ。

この先の展開もわかっているのか、彼女もすぐに腕の中で静かになる。

結愛。

この名前をつけたのは時田さんらしいと、矢内のおじさんに教えてもらった。

『僕たちの愛を結び付けた娘』

血の繋がりはないと知りながら、愛する女性の子どもにそう名付けた彼の気持ちが、ここにはある。

「結愛、好きだよ」

「私も、駿くんが大好きだよ」

頬に手をそえると、結愛が目を閉じる。

従順に応じる結愛の姿に満足しながら、お屋敷の書斎で抱いたことはなかったな、と思った。さすがに使用人がいる中ではまずいだろうし。

でも僕が止まれるかどうかは彼女次第。

拒否の言葉は一切禁じたから、まあ無理だろうけれど。

そうして、僕だけの大切なお姫様にキスをした。

◆◆◆

土曜日の今日は清さんがお休みを取った。だから私がお屋敷の掃除や片付けをする。駿くんは「だったら僕も屋敷のほうで仕事をするよ」と言って、書斎にこもっている。

て来ただけだったのに。

　元々ここは代々の高遠家の主が使用していた書斎。だから仮眠室という名の立派なベッドルームが隣接している。トイレ、洗面、浴室も完備だ。駿くんがここを利用するようになってから、いつでも使えるようにきちんと整えている。

　駿くんのキスはすぐに深まる。舌を絡めると唾液の音が聞こえてきた。

　私は駿くんの腕から自ら逃れた日以来、彼の腕をほどくことができない。あれはかなり駿くんを追い詰めたらしく、少しでも抵抗しようものならそのあと激しくなってしまうことが立証されている。

　でも、ここはお屋敷だ。

　私たち二人だけの家じゃない。

　それなのになぜ今、こんな深いキスをされて、服の上からとはいえ体を撫でられているのか……。状況から考えて、この先がどうなるかは想像がつく。

「駿くんっ、ここじゃ……だめだよ」

「なんで？」

　ケーキを食べてほしかったのに、綺麗な丸くて黄色いそれはお皿にのったままだ。

　私を食べてからでないと、これが駿くんの口に入ることはなさそう……

　でもお屋敷でそういう行為に及んだことはない。

「料理長も碧さんもっ、斉藤さんもいるんだよっ！」

「料理長は碧さんと厨房で仲良くティータイムだ。斉藤も便乗中」

駿くんはちらりとモニターを確認して言い放った。そのまま私のブラウスのボタンをはずしていく。

まさか、こういうことをするためにカメラを設置したわけじゃないよね⁉　それなのに駿くんはちゃっかり利用している。

「大丈夫、彼らが来るかどうかは僕が常にチェックする。結愛はただ快楽に溺れて乱れればいい。ベッドルームに連れていけなくてごめんね」

そう言って、書斎の重厚なデスクの上に私をのせた。そしてブラウスをはだけると、ブラをずらし私の胸に口づける。同時に手はスカートの中に潜り込んできた。

「駿くんっ、だ……」

「『嫌』も『だめ』も禁止したはずだ。言えばどうなるかわかっているだろう？　それともそれを期待しているの？」

駿くんは綺麗にほほ笑んだ。その姿は昔と同じに王子様みたいなのに……

「駿くん……せめて優しく、して」

私は観念して、床に落ちていくブラウスやスカートを素直に見送った。

「僕のお姫様……君のお望みのままに」

『お姫様になりたい』
それは、女の子なら誰でも一度は夢見ること。
王子様がたとえ意地悪でも、私は彼の腕の中でならいつでもお姫様になれる。
きっと、永遠に――彼のお姫様。

～大人のための恋愛小説レーベル～

ETERNITY エタニティブックス

エタニティブックス・赤

大嫌いな俺様イケメンに迫られる!?

イケメンとテンネン

流月(るづき)るる

装丁イラスト／アキハル。

「どうせ男は可愛い天然女子が好き」「イケメンにかかわると面倒くさい」という持論を展開する天邪鬼(あまのじゃく)な咲希。そんなある日、思いを寄せていた男友達が天然女子と結婚宣言！　しかもその直後、彼氏から別れを告げられてしまった。思わぬダブルショックに落ち込む彼女へ、イケメンである同僚の朝陽(あさひ)が声をかけてきて……。天邪鬼なOLと俺様イケメンの、恋の攻防戦勃発！

※エタニティブックスは大人の女性のための恋愛小説レーベルです。ロゴマークの色で性描写の有無を判断することができます（赤・一定以上の性描写あり、ロゼ・性描写あり、白・性描写なし）。

詳しくは公式サイトにてご確認ください。
http://www.eternity-books.com/

携帯サイトはこちらから！

～大人のための恋愛小説レーベル～

エタニティブックス
ETERNITY

エタニティブックス・赤

スキンシップもお仕事のうち!?

不埒な恋愛カウンセラー

有允（ゆういん）ひろみ

装丁イラスト／浅島ヨシユキ

素敵な恋愛を夢見つつも、男性が苦手な衣織。そんなある日、初恋の彼・風太郎と再会した。イケメン恋愛カウンセラーとして有名な彼に、ひょんなことからカウンセリングしてもらうことに！　その内容は、彼と疑似恋愛をするというもの。さっそくカウンセリングという名のデートを始めるが、会う度に手つなぎから唇にキスと、どんどんエスカレートしてきて……!?

※エタニティブックスは大人の女性のための恋愛小説レーベルです。ロゴマークの色で性描写の有無を判断することができます（赤・一定以上の性描写あり、ロゼ・性描写あり、白・性描写なし）。

詳しくは公式サイトにてご確認ください。
http://www.eternity-books.com/

携帯サイトはこちらから！

二十九歳の笠間花純は、親から強要されたお見合いを前にある決意をする。「私の処女、もらってくださいっ！」。そうお願いした相手は、会社で遊び人と名高い上司・成宮未希。あっさり了承してくれた彼と無事に初Hを済ませた数日後……お見合いの席にやってきたのは、なんと成宮だった！　しかもその場で婚姻届を書かされ、新婚生活が始まって…!?

B6判　定価：640円＋税　ISBN978-4-434-21996-2

恋愛小説「エタニティブックス」の人気作を漫画化！
君が好きだから
EC Eternity COMICS
漫画 幸村佳苗 Kanae Yukimura
原作 井上美珠 Miju Inoue
僕と結婚しませんか？
あっ…
だめ…っ
しほ…さ…
二十九歳の堤美佳がお見合いで出逢ったのは、エリート育ちのイケメンSPである三ヶ嶋紫峰。平凡な自分では相手にもされないと思ったのに彼から熱いプロポーズを受けて結婚することに！　思いがけず始まった新婚生活は幸せそのもの。だけど、美佳はどうして彼がこんなにも自分を大事にしてくれるのかがわからず、不安にもなって――。お見合い結婚から深い愛が生まれる運命のラブストーリー。
B6判　定価：640円＋税　ISBN 978-4-434-21878-1
君が好きだから
幸村佳苗
井上美珠
お見合い結婚からはじまる恋
エロきゅん新婚ラブ
エタニティCOMICS

流月るる（るづき るる）
WEBにて恋愛小説を発表し続け、「イケメンとテンネン」で出版デビューに至る。日本酒とワインが好き。

イラスト：芦原モカ

君（きみ）のすべては僕（ぼく）のもの

流月るる（るづき るる）

2016年 6月30日初版発行

編集－斉藤麻貴・宮田可南子
編集長－塙綾子
発行者－梶本雄介
発行所－株式会社アルファポリス
〒150-6005 東京都渋谷区恵比寿4-20-3 恵比寿ｶﾞｰﾃﾞﾝﾌﾟﾚｲｽﾀﾜｰ5F
TEL 03-6277-1601（営業） 03-6277-1602（編集）
URL http://www.alphapolis.co.jp/
発売元－株式会社星雲社
〒112-0012東京都文京区大塚3-21-10
TEL 03-3947-1021
装丁イラスト－芦原モカ
装丁デザイン－ansyyqdesign
印刷－中央精版印刷株式会社

価格はカバーに表示されてあります。
落丁乱丁の場合はアルファポリスまでご連絡ください。
送料は小社負担でお取り替えします。

ISBN978-4-434-22088-3 C0093